Chris Riddell wurde 1962 in Südafrika geboren. Seine Familie zog schon ein Jahr später nach England. Er erhielt eine Grafikausbildung an der Epsom School of Art and Design. Chris Riddell illustriert hauptsächlich Kinderbücher, hat aber auch schon eigene Geschichten veröffentlicht. Chris Riddell lebt heute in Brighton.

Der Meteoritenlöffel. In der ganzen Geschichte streitender Eltern gab es nirgendwo Eltern, die sich so viel und so laut stritten und dabei so viele Sachen zerbrachen wie Herr und Frau Donner. Daran jedoch hatten sich Filly und Fergal allmählich gewöhnt. Als aber ihr Haus nach dem letzten Streit einbricht, können die Kinder nur mit Hilfe der Zauberkräfte des Meteoritenlöffels aus den Trümmern entfliehen. Und sie landen mitten im Flitterwochenparadies. Sonne, Strand, Kokosnüsse, Delphine und Palmen – träumen sie oder ist das etwa alles echt?

Philip Ridley

Der Meteoritenlöffel

Aus dem Englischen
von Sigrid Ruschmeier
Mit Bildern
von Chris Riddell

Fischer Taschenbuch Verlag

Fischer Schatzinsel
Herausgegeben von Markus Niesen

Deutsche Erstausgabe
Veröffentlicht im Fischer Taschenbuch Verlag GmbH,
Frankfurt am Main, April 2000

Die englische Originalausgabe erschien 1994
unter dem Titel ›Meteorite Spoon‹
bei der Verlagsgruppe Penguin.

Gesamtherstellung: Clausen & Bosse, Leck
Printed in Germany
ISBN 3-596-80112-5

Nach den Regeln der neuen Rechtschreibung

Der Meteoritenlöffel

Für Jason –
hoffentlich brauchst du nie
den Meteoritenlöffel!

1

Jeden Morgen wachten Filly und Fergal auf und warteten, dass der Streit anfing.

Nun zanken und streiten sich natürlich alle Mütter und Väter. Manche streiten sich ab und zu, andere dauernd. Manche streiten sich mit zusammengebissenen Zähnen, andere reißen den Mund weit auf und schreien, so laut sie können. Manche zerbrechen Sachen, wenn sie streiten, andere richten überhaupt keinen Schaden an.

Aber: In der ganzen Geschichte streitender Eltern gab es nirgendwo Eltern, die sich so viel stritten oder so laut schrien oder so viele Sachen zerbrachen wie Herr und Frau Donner.

Sie konnten kaum ein Wort miteinander reden,

ohne dass ein Streit entbrannte. Wenn Herr Donner zum Beispiel aus dem Fenster schaute und sagte: »Oh, seht mal, die vielen Wolken. Heute regnet es bestimmt«, schaute Frau Donner hinaus und sagte: »Du musst blind sein, du Dämlack. Da hinten scheint doch die Sonne! Es wird heiß und sonnig!«
Und schon gab es einen Streit!
Oder wenn Frau Donner aus dem Fenster sah und sagte: »Oh, wie blau der Himmel ist. Heute wird es bestimmt heiß und sonnig«, sah Herr Donner hinaus und sagte: »Reiß die Augen auf, du Trine! Da hinten ist eine Wolke! Es gibt Regen!«
Und – ihr habt es schon erraten – es gab wieder einen Streit!
So war es natürlich nicht immer gewesen. Als Herr und Frau Donner sich kennen gelernt hatten, war es Liebe auf den ersten Blick. Damals erhoben sie nicht einmal die Stimme gegeneinander, geschweige denn schrien sich an oder bewarfen sich mit Sachen.
Aber nun…
Nun wurde im Hause Donner nur noch gekeift und alles kurz und klein geschlagen.

Die meisten Sachen gingen in dem einen oder anderen Streit entzwei: Die Porzellantassen zerschellten, als Herr Donner sie an die Wand warf, der Badezimmerspiegel zersprang, als Frau Donner ihren Schuh dagegenschleuderte (sie hatte auf Herrn Donners Kopf gezielt, er hatte sich aber noch rechtzeitig gebückt), die große Vase im Flur zerbrach, als… ach, die Liste nimmt kein Ende.

Und weil Herr und Frau Donner nicht viel Geld hatten, musste alles wieder zusammengeklebt werden.

Deshalb war es ein Haus »der kaputten Sachen«.

Da Herr und Frau Donner sich mehr als alle Eltern in der ganzen Geschichte streitender Eltern stritten, gab es natürlich nirgendwo in der ganzen Geschichte streitenden Eltern zuhörender Kinder welche, die sich so viele Streite anhören mussten wie Filly und Fergal Donner.

Filly war zehn Jahre alt, sehr groß und sehr dünn, hatte

strubbelige schwarze Haare und große dunkle Augen. (»Du siehst aus, als wärst du gestreckt worden«, sagte Frau Donner manchmal zu ihr – was die arme Filly nicht gerade freute. »Ein gestrecktes Zebra! Das bist du!«)

Frau Donner bezeichnete ihre Tochter als »gestrecktes Zebra«, weil Filly einen Rollkragenpullover trug, der schwarz-weiß gestreift und so lang war, dass er ihr bis zu den Knien hing. Frau Donner mochte den Pullover überhaupt nicht (weil er so zerschlissen und ausgeleiert war), aber ehrlich: Was hätte Filly sonst anziehen sollen?

Da so wenig Geld ins Haus kam (weder Herr noch Frau Donner hatten Arbeit), war an neue Kleider nicht zu denken. An neue Schuhe auch nicht – deshalb mussten die Sohlen von Fillys großen schwarzen Schnürschuhen auch jeden zweiten Tag neu festgeklebt werden.

Fergal, Fillys Bruder, war sieben Jahre alt, und obwohl er auch strubbelige schwarze Haare und große dunkle Augen hatte, war er ansonsten das genaue Gegenteil von seiner Schwester. Er war zum Beispiel für sein Alter sehr klein. (»Als wenn du zusammengequetscht worden wärst!«, sagte Herr Donner manchmal zu ihm – was den armen

Fergal nicht gerade freute. »In deinen Pullover reingequetscht!«)

Es stimmte, Fergal schaute wirklich aus wie »in den Pullover gequetscht«. Der war gestreift (wie Fillys), aber Fergal rollte sich den Kragen immer so hoch übers Gesicht, dass nur noch seine Augen herausguckten. Es sah aus, als versuche er, sich in seinem Pullover zu verstecken wie eine Schildkröte in ihrem Panzer. In gewisser Weise versteckte er sich auch.

Denn die drei Jahre Unterschied zwischen Filly und Fergal waren in einer Hinsicht wichtig: Filly konnte sich an eine Zeit erinnern, als Herr und Frau Donner sich *nicht* gestritten hatten. Sie erinnerte sich zwar nur vage (sie war ja schließlich noch ein kleines Kind gewesen), aber trotzdem wusste sie noch, dass Herr und Frau Donner gelacht und sich in die Arme genommen und »mein Liebes« genannt hatten.

Fergal hatte solche Erinnerungen nicht. Er war nur mit Sachen aufgewachsen, die zerschlagen wurden, und Eltern, die sich anschrien.

Folglich versteckte er sich in seinem Pullover und sprach so gut wie nie. Wenn er aber doch sprach, dann nie mehr als zwei Worte auf einmal. Zum Beispiel »Ja, Schwesterherz« oder »Nöh, Schwesterherz« oder »Klar, Schwesterherz«. Und seine Stimme klang immer so leer und traurig, dass Filly (sein »Schwesterherz«) alles tat, was in ihrer Macht stand, um ihn (ihr »Bruderherz«) aufzumuntern.

Als erstes fing sie *Das Buch der Streite* an.

Filly dachte nämlich, wenn sie die Streite ihrer

Eltern wie eine Art Spiel – fast wie ein Hobby – behandelte, würde Fergal nicht immer so traurig. Hinter dem Schrank in Fillys und Fergals Zimmer lag also ein dickes schwarzes Buch verborgen. Vorne auf dem Buch prangte in großen Lettern DAS BUCH DER STREITE und darunter, in kleineren Buchstaben, »Tagesprotokoll der endlosen Streitereien von Herrn und Frau Donner«. Innen war es voll mit allen möglichen Informationen: worum es in dem jeweiligen Streit ging, wie lange er dauerte und was zerbrochen wurde. Was während eines Streits kaputtgegangen war, lieferte normalerweise auch den Namen für den Streit. Einer hieß zum Beispiel »Der Streit, bei dem die Bratpfanne zerschlagen wurde« (das war vor drei Wochen passiert), ein anderer »Der Streit, bei dem der Fernseher den Geist aufgab« (der war letztes Jahr, genauer, am 1. Dezember gewesen), und erst gestern war »Der Streit, bei dem die Waschmaschine zu Bruch ging«, entflammt. (Der hatte besonders lange gedauert und es hatte laut gekracht, als die Waschmaschine zu Bruch gegangen war.)
Und so bestand Fillys und Fergals Leben aus nichts als Streit, Streit und noch mal Streit.
Filly dachte: So wird unser Leben immer bleiben.

Aber da hatte sie Unrecht!
Denn eines Tages änderte sich alles.
Und zwar an einem Tag im August.
Um genau zu sein: an einem Mittwoch.
Um noch genauer zu sein: um fünf nach neun morgens.
Denn zu der Zeit wurde Filly wach. Fergal rief…

2

»Streit, Schwesterherz!«

Fillys Augen klappten auf.

»Streit, Schwesterherz!«

Filly beugte sich über den Rand des Stockbetts und schaute nach Fergal, der unten schlief.

Er hatte einen schlimmen Alptraum, strampelte mit Armen und Beinen, warf sich hin und her und verfing sich in der Zudecke.

Sofort sprang Filly aus dem Bett und versuchte ihn aufzuwecken.

»Kopf hoch, Bruderherz!«, sagte sie und rüttelte ihn an den Schultern. »Es ist nur ein Alptraum!«

Immer wenn Fergal sich über einen Streit besonders aufregte, hatte er Alpträume. Filly nahm an, dass der gestrige »Streit, bei dem die Waschmaschine zu Bruch ging«, diesen Alptraum ausgelöst hatte. Schließlich hatte der Streit sieben

Stunden, zweiunddreißig Minuten und siebzehn Sekunden gedauert und Filly und Fergal hatten in ihrem Zimmer sitzen bleiben und zuhören müssen und nichts zu essen und zu trinken bekommen. Als endlich alles vorüber war, waren sie fast ohnmächtig vor Hunger und Durst.

»Streit, Schwesterherz!«

»Menno, Bruderherz, Kopf hoch, bitte!«

Filly machte sich langsam Sorgen um Fergal. Vor beinahe drei Monaten (nach dem »Streit, bei dem die Yuccapalme abgeknickt wurde«) hatte sich Fergal so aufgeregt, dass er in den Keller gerannt war und stundenlang dicke Tränen geweint hatte. Filly konnte ihn überhaupt nicht beruhigen. Sie sagte »Kopf hoch« und lauter solche Sachen, aber es nützte nichts. Fergal schluchzte und schluchzte, bis sein Pullover so nass war, dass Filly Angst hatte, er würde einlaufen.

»Komm wieder mit nach oben, Bruderherz«, hatte sie gesagt.

»Nöh, Schwesterherz«, hatte Fergal mit tränenüberströmtem Gesicht erwidert.

»Und warum nicht, Bruderherz?«

»Streit, Schwesterherz.«

»Und wie lange willst du hier unten bleiben, Bruderherz?«

»Immer, Schwesterherz.«
Aber er blieb natürlich nicht für immer unten.
Eine Weile lang sah es sogar so aus, als hätte er sich gefangen.
Doch jetzt hatte er wieder Alpträume!
Menno, dachte Filly, ich hoffe, mein armes Brüderchen fängt nicht wieder an zu weinen. Sonst läuft sein Pullover diesmal bestimmt ein.
Filly packte Fergal bei den Schultern und schüttelte ihn so fest, dass eine Bettfeder »DOING!« machte.
Das Doing weckte ihn, nicht das Schütteln.
Filly bemühte sich, seelenruhig zu wirken.
»So ein Mumpitz, deine Alpträume, Bruderherz«, sagte sie und begann sich anzuziehen. »Das ist garantiert der letzte. Wetten?«
»Weiß nich«, antwortete Fergal leise.
»Also, ich bin hundertprozentig sicher. Jetzt Kopf hoch! Zieh dich an! Komm, wir versuchen, was in den Magen zu kriegen, bevor Mum und Dad aufwachen. Ich habe immer noch ein bisschen Hunger von gestern. Du auch, Bruderherz?«
»Ja, Schwesterherz.«
Die kurze Zeit morgens, bevor ihre Eltern aufwachten, die fanden sie am schönsten. Dann war das Haus ruhig und friedlich. Filly und Fergal

wünschten sich, es wäre immer so. Aber es war nie so. Denn bald darauf –

WUM!

Ein Geräusch aus dem Schlafzimmer ihrer Eltern.

Filly sah, wie bekümmert Fergals Augen über seinem Rollkragen wurden. Und er zog die Stirn in Falten. In ernste tiefe Falten, wodurch er älter aussah, als er war.

»Heiliger Strohsack!«, rief Filly fröhlich. »Mum und Dad stehen schon auf. Du weißt ja, was du zu tun hast, Bruderherz. Zeit für die Stoppuhr. Dalli, dalli!«

Fergal schnappte sich die Stoppuhr vom Nachtschränkchen. Er drückte auf einen Knopf und der Sekundenzeiger fing an vorzurücken.

WUM!

Wieder ein Geräusch aus dem Schlafzimmer nebenan.

Filly drückte das Ohr an die Wand.

»Sie ziehen sich den Bademantel an«, sagte sie und fragte dann: »Wie lange, Bruderherz?«

Fergal zeigte ihr die Uhr.

»Siebenundfünfzig Sekunden«, stellte Filly fest.

Es quietschte, als die Schlafzimmertür der Eltern geöffnet wurde. (Die Tür hatte in dem »Streit, bei dem die Türangeln verbogen wurden«, gelitten.)

Im Korridor erklangen Schritte.
»Das ist Mum«, verkündete Filly.
Dann hörte man wieder eine Tür aufgehen.
»Mum geht ins Badezimmer.«
Der Wasserhahn lief.
»Sie putzt sich die Zähne.«
Schritte direkt vor ihrer Zimmertür.
»Mum ist aus dem Badezimmer raus... Sie geht runter... Jetzt kommt Dad aus dem Schlafzimmer... Mum geht in die Küche... Dad geht ins Badezimmer... Mum fängt mit dem Frühstück an... Dad putzt sich die Zähne... Mum setzt den Wasserkessel auf... Dad verlässt das Badezimmer... Mum tut die Teeblätter in die Teekanne... Dad geht runter... SIE SIND BEIDE IN DER KÜCHE, BRUDERHERZ!«
Filly und Fergal warfen sich einen wissenden Blick zu. Nun, da ihre Eltern hellwach und im selben Zimmer waren, konnte jeden Moment ein Streit ausbrechen.
»Wie lange, Bruderherz?«, fragte Filly. »Sag schon! Hopp, hopp!«
Fergal hielt ihr die Uhr hin.
»Also, ich wünschte echt, du würdest mir die Zeit ansagen, Bruderherz. Schließlich ist das unser Hobby. Du solltest dich auch dafür interessieren.«

Aber Fergal weigerte sich dennoch, ihr zu sagen, wie viel Zeit verstrichen war.
Filly seufzte und schaute auf die Uhr.
»Fünf Minuten!« Sie schnappte nach Luft. »Das ist aber lange, meinst du nicht, Bruderherz?«
Fergal reagierte nicht. Er blieb auf der Bettkante sitzen und starrte trostlos auf die Uhr.
»Kopf hoch, Bruderherz!«, zwitscherte Filly, so munter sie konnte. »Komm, wir stellen uns oben auf die Treppe. Von dort aus können wir Mum und Dad besser hören. Husch, husch!«

3

Filly sagte immer solche Sachen wie »Dalli, dalli!« und »Hopp, hopp!« und »Husch, husch!«. Und manchmal, wenn sie richtig aufgeregt war, sagte sie alles hintereinander. Also so: »Dalli-dalli-hopp-hopp-husch-husch!« Und wenn sie richtig, richtig aufgeregt wurde, dann sagte sie zwar alles

hintereinander, aber in der falschen Reihenfolge. Also so: »Dalli-hopp-husch-dalli-husch-hopp!«
Doch nun war sie ruhig und sie und Fergal schlichen mucksmäuschenstill oben zu dem Treppenabsatz und lugten durch das Geländer in die Küche unten.
Sie konnten ihre Mutter und ihren Vater nicht sehen. Nur die Schatten auf dem Fußboden. Offenbar saßen die beiden am Küchentisch.
»Wie lang, Bruderherz?«
Fergal zeigte ihr die Uhr, aber es war so dunkel, dass sie nichts erkennen konnte.
»Na, dann bringen wir doch mal ein bisschen Licht in die Sache, Bruderherz«, meinte Filly und knipste die Lampe oben auf der Treppe an.
Alles wurde in blaues Zauberlicht getaucht.

Das kam nun allerdings von keiner gewöhnlichen Lampe. Diese Lampe hatte die Form des Planeten Erde! Und das blaue Zauberlicht entstand durch die vielen wirbeligen Linien der Länder und Meere.

Herr und Frau Donner hatten die Lampe der Welt als allererstes für das Haus gekauft und betrachteten sie deshalb als etwas ganz Besonderes. (»Sie bedeutet mir alles auf der Welt«, kicherte Frau Donner immer – zu den Zeiten, als im Haus noch gekichert wurde.) Bisher war die Lampe der Welt das Einzige, das bei einem Streit noch nicht zu Schaden gekommen war. Filly wagte gar nicht daran zu denken, was passieren würde, wenn sie jemals kaputtging.

»Acht Minuten!«, stieß Filly hervor, als sie die Uhr erkennen konnte. »Das ist aber lange, Bruderherz!«

Und sie hatte Recht. Normalerweise fingen Herr und Frau Donner binnen sechs Minuten nach dem Aufwachen an zu streiten.

Manchmal – wie bei dem ersten Streit am 2. Juli diesen Jahres – wachten sie sogar streitend auf. Damals hatte Herr Donner geträumt, er schrie Frau Donner an, und Frau Donner hatte geträumt, sie schrie Herrn Donner an, und als sie aufwachten, schrien sie sich einfach weiter an, als gäbe es zwischen Traum und Wirklichkeit gar keinen Unterschied.

»Wie lang, Bruderherz?«

Fergal reagierte nicht. Er starrte nur, wie von dem blauen Licht hypnotisiert, auf die Lampe der Welt.

Filly schaute ihm über die Schulter. »Acht Minuten und zweiundfünfzig Sek –«

Und da passierte es!

Aus dem Nichts heraus ertönte in der Küche plötzlich nur noch Schreien.

»Dalli-dalli-hopp-hopp-husch-husch!«, schrie Filly aufgeregt. »Stell die Uhr neu, Bruderherz!«

Jetzt mussten sie stoppen, wie lange der Streit dauerte.

Filly merkte sich im Kopf, dass ihre Eltern… wie viel noch gleich? Ach ja… acht Minuten und zweiundfünfzig Sekunden gebraucht hatten, bis sie zu streiten anfingen.

RUMS!

krachte es in der Küche.

Fergal warf Filly einen ängstlichen Blick zu.

»Sie haben nur einen Stuhl umgeschmissen, Bruderherz«, sagte Filly, so besänftigend wie möglich. (Sie war Expertin für alle Arten von Geräu-

schen, die bei einem Streit erklangen.) »Dads Stuhl, glaube ich«, fügte sie hinzu.

RUMS!

»Mums Stuhl, Bruderherz.«

Nun bewegten sich die Schatten ihrer Eltern sehr schnell über den Küchenfußboden.

Herr und Frau Donner schrien aus Leibeskräften.

KLIRR!

Fergal und Filly zuckten zusammen.

»Jetzt ist was kaputtgegangen, Bruderherz!«, rief Filly.

Fergals Stirnfalten wurden tiefer.

Um ihn abzulenken, fragte Filly: »Na, was glaubst du? Was mag das sein, Bruderherz?«

»Weiß nich.«

»Dann rate mal, Bruderherz.«

Fergal dachte ein wenig nach und meinte dann: »Tasse, Schwesterherz?«

»Glaub nicht, Bruderherz. Weißt du, was ich glaube? Die Teekanne. Und... Da! Auf dem Boden neben der Küchentür. Da ist die Tülle. Also hatte ich Recht! Es war die Teekanne!«

Filly und Fergal wussten, dass ihre Eltern den Streit nun bald beenden würden. Nicht, weil etwas entzweigegangen war – das konnte jederzeit passieren –, sondern weil Herr und Frau Donner

sich gegenseitig mitteilten, sie wollten sich scheiden lassen. Gleich würde einer von ihnen aus dem Haus stürmen.
»Wer wohl diesmal rausrennt?«, überlegte Filly. »Letztes Mal war es Mum. Da ist es heute bestimmt Dad. Beim Rausrennen wechseln sie sich doch immer ab.«
»ICH LASSE MICH SCHEIDEN, DU DÄMLACK!«, brüllte Frau Donner.
»ICH LASSE MICH SCHEIDEN, DU TRINE!«, brüllte Herr Donner zurück.
Und dann stürmte Herr Donner – wie der Blitz – aus der Küche.
»Ich hatte Recht!«, rief Filly. »Dad!«
Herr Donner knallte die Haustür hinter sich zu, so laut er konnte.
Das ganze Haus wackelte.
Und in der Wand erschien ein Riss!
Es zeigten sich wahrhaftig schon so viele Risse in den Wänden (weil die Tür schon so oft und heftig zugeknallt worden war), dass das ganze Haus wie ein riesiges Puzzle aussah.
Filly schaute Fergal an und fragte: »Wie lange hat der Streit gedauert, Bruderherz?«
Fergal zeigte ihr die Uhr.
»Vier Minuten und zwanzig Sekunden«, stellte

Filly fest. »Für ihre Verhältnisse ziemlich kurz.« Sie holte tief Atem. »Alles klärchen, Bruderherz. Wenn du dich nun von der Lampe losreißen kannst, halten wir die Einzelheiten schriftlich fest. Sonst vergessen wir sie noch. Und achte drauf, dass du die Uhr neu stellst. Jetzt müssen wir stoppen, wie lange es bis zum nächsten Streit dauert. Was ist das doch für ein interessantes Hobby, Bruderherz!«
Sie gingen wieder in ihr Zimmer und zogen *Das Buch der Streite* hinter dem Schrank hervor.
Filly blätterte eine neue Seite auf und schrieb Folgendes hin:

DATUM:
Mittwoch, 16. August

ZEITDAUER BIS ZUM ERSTEN STREIT:
Acht Minuten und zweiundfünfzig Sekunden

DAUER DES STREITS:
Vier Minuten und zwanzig Sekunden

DING BZW. DINGE, DIE KAPUTTGINGEN:
Eine Teekanne

NAME DES STREITS:
Der Streit, bei dem die Teekanne zerbrach

URSACHE DES STREITS:
Bisher nicht bekannt

ALLGEMEINE ANMERKUNGEN:
Brach sehr plötzlich aus. Recht laut für einen Morgenstreit. Keine neuen Schimpfworte gehört. Fand von Anfang bis Ende in der Küche statt. Zwei Stühle umgeschmissen, aber nicht beschädigt. Endete damit, dass Dad aus dem Haus stürmte. Wie üblich knallte er die Tür zu. Neuer Riss in der Wand.

Als das erledigt war, verstaute Filly das Buch wieder hinter dem Schrank und sagte: »Zeit zum Kleben!«

Nach jedem Streit holten Filly und Fergal eine Tube Kleber und klebten alles, was zerbrochen war, wieder zusammen. (Ehrlich gesagt, Filly besorgte die Kleberei. Fergal… hm, der schaute zu.)

Das meiste von ihrem Taschengeld (was ja sowieso schon kaum der Rede wert war) ging für Klebstoff drauf. Natürlich brauchten sie eine Menge davon, weil jeden Tag Dinge zertrümmert wurden. Die Tuben (benutzte und unbenutzte) bewahrten sie unten im Schrank auf.

In diesem Haufen stöberte Fergal nun herum.

»Dalli, dalli, Bruderherz«, drängte Filly ihn. Und fügte sicherheitshalber noch ein »Hopp, hopp!« hinzu.
Fergal fand eine neue Tube Kleber und gab sie seiner Schwester.
»Alles klärchen, Bruderherz«, sagte sie. »Wird Zeit, Mum aufzumuntern.«

4

»Dämlack«, grummelte Frau Donner.
Sie marschierte immer um den Küchentisch herum.
Filly und Fergal standen in der Tür und beobachteten sie.
»Dämlack«, grummelte sie wieder und wedelte mit den Armen in der Luft herum.
Frau Donner war groß und dünn und hatte langes schwarzes Haar (das zottelig und verheddert war). Sie trug einen leuchtend roten Morgenmantel, dessen Ärmel wie Flügel um sie herumflatterten, und leuchtend roten Nagellack auf allen Nägeln (der Zehen und der Finger).

»Dämlack«, grummelte sie noch einmal. Und dann: »Wo ist mein Lippenstift?«
Nach jedem Streit legte Frau Donner eine leuchtend rote Schicht Lippenstift nach der anderen auf. Ihre Lippen waren schon ganz verkrustet von dem Zeug, aber das hinderte sie nicht daran, den Stift aus der Tasche zu nehmen, noch ein bisschen draufzuschmieren und die ganze Zeit »Dämlack! Dämlack!« zu grummeln.
Wenn ihr euch jetzt fragt, wie jemand »Dämlack!« grummeln und sich Lippenstift auf die Lippen schmieren kann, ohne dass die Schminke überall hinkommt, na, dann fragt ihr euch das zu Recht. Es geht nicht. Folglich hatte Frau Donner Lippenstift auf Kinn, Wangen und sogar auf der Nase.
»Guten Morgen, Mum«, sagte Filly.
Fergal zog sich den Pullover über die Augen.
»Meine Süßen«, rief Frau Donner. »Ihr könnt euch ja nicht vorstellen, was euer Vater, dieser Dämlack, gemacht hat!«
Aus irgendeinem Grunde meinten Herr und Frau Donner immer, man könne ihren Streit nicht hören. Als ob man das laute Schreien und Türenknallen überhören könnte! Aber sie glaubten es, und – ob das nun richtig war oder falsch – Filly sagte nie, dass man natürlich alles mitkriegte.

»Was hat Dad gemacht, Mum?«, fragte sie nun und stellte die umgefallenen Stühle wieder hin.
»Er hat einen Streit angefangen!«
»Wie?«

»Er hat geatmet«, knurrte Frau Donner.
»Aber Dad muss atmen«, seufzte Filly und sammelte die Teekannenscherben ein.
»Nicht unbedingt«, fauchte Frau Donner und schmierte sich Lippenstift auf die Lippen (und das linke Ohr). »Und schon gar nicht so, wie *er* atmet! Er saugt die Luft so durch die Nase ein, dass es in seinen Nasenhaaren pfeift. Uach!« Sie schüttelte sich von oben bis unten und spuckte das »Uach!« wie eine Gewehrkugel aus. »Was ist dieser Mann bloß für ein ekliges Sammelsurium von Körperfunktionen!«
Mittlerweile hatte Filly alle Teekannenstücke beisammen und breitete sie auf dem Tisch aus. Sie holte Fergal und die beiden setzten sich einander gegenüber. Filly schraubte den Deckel von der Klebstofftube und fing an, die Teekanne wieder zusammenzuleimen. »Dämlack … Dämlack … Dämlack …«, grummelte Frau Donner in einem fort, marschierte weiter in der Küche herum und bemalte sich mit Lippenstift. »Weißt du, warum dein Vater auf dieser Erde ist?«, fragte sie Filly.
»Um dich zu piesacken?«, meinte Filly.
»Genau. Und weißt du, was ich ihm gegeben habe?«
»Die besten Jahre deines Lebens?«

»Genau. Und weißt du, was ich nicht mehr bin?«
»Kein Springinsfeld?«
»Genau.«
Natürlich wusste Filly die Antworten deshalb so genau, weil sie alles schon einmal gehört hatte. Nach jedem Streit gab es immer dieselben Klagen, dieselben Vorwürfe, dasselbe Gestöhne.
»Jede kleinste Kleinigkeit an eurem Vater piesackt, piesackt, piesackt mich bis aufs Blut«, sagte Frau Donner und schmierte sich Lippenstift auf die Stirn. »Wie sein dämlackiges Haar ausfällt – UACH! Und dann sein schwabbeliger, dämlackiger Bauch – UACH! UACH! Von seinem dämlackigen Doppelkinn ganz zu schweigen – oder sollte ich ›sein dämlackiges Dreifachkinn‹ sagen? UACH! UACH! UACH!« Nun war auch ihre Nase voller Lippenstift. »Und er hat Haare in den Ohren! Ja, fasst ihr das? Ich liege nachts im Bett und schaue in seine Ohren und alles, was ich sehe, sind Haarbüschel und Ohrenschmalzklümpchen. UACH! Mir wird schlecht! Und wisst ihr, was mich noch piesackt?«
»Sein Gang?«, riet Filly.
»Sein *dämlackiger* Gang! Und seine dämlackige Stimme! Die piesackt mich auch. Und seine dämlackigen Essmanieren! Und wenn er dann geges-

sen hat, macht sein Magen lauter ekelhafte dämlackige Gluggergeräusche – UACHCHCH!«
Manchmal brauchte Frau Donner Ewigkeiten, um sich nach einem Streit zu beruhigen. Ihr Dämlacken und Lippenstiftverschmieren ging immer endlos weiter (bisweilen direkt in den nächsten Streit über), wenn Filly nicht etwas tat, das sie beschwichtigte.
Und da gab es nur eins.

»Flitterwochen!«, rief Filly und drückte zwei Stücke kaputte Teekanne aneinander.
Frau Donner schaute Filly an. »Flitterwochen?«, fragte sie.
»Ja, Mum. Warum erzählst du uns nicht was von deinen Flitterwochen?«
Plötzlich wurde Frau Donner viel ruhiger. Langsam steckte sie den Lippenstift in die Tasche und setzte sich an den Küchentisch.
»Ach, meine Flitterwochen, meine Süßen«, seufzte sie und lächelte in der Erinnerung daran. »Wie kann ich meine Flitterwochen beschreiben! Sie waren so … so … heeerrlich!«

Fergals Augen tauchten wieder über dem Rollkragen auf.

»Wie sah Dad damals aus?«, fragte Filly.

»Heeerrlich!«, strahlte Frau Donner und ihre Augen glänzten. »Er hatte eine schwarze Stirnlocke und viele, viele Muskeln. Jedesmal, wenn ich ihn anschaute, spürte ich, wie es in mir sprutzelte und ploppte. Und wisst ihr, was mein Herz machte?«

»Bum, budi, bum?«, meinte Filly. (Wieder wusste sie die Antworten, weil sie alles schon x-mal gehört hatte.)

»Genau!«, sagte Frau Donner. »So heftig bum,

budi, bum, dass wir wahrhaftig zwei Wochen, nachdem wir uns kennen gelernt haben, heirateten. Und dann … dann unsere Flitterwochen!«

»Wo seid ihr hingefahren?«

»Auf eine Insel.«

»Wie war die?«

»Heeerrlich!«, erklärte Frau Donner. »Jeden Tag schien die goldene Sonne. Kein Wölkchen am vollkommen blauen Himmel.« Frau Donner richtete den Blick sehnsüchtig nach oben, als sähe sie diesen vollkommen blauen Himmel immer noch und nicht eine rissige Zimmerdecke und eine Sechzig-Watt-Glühbirne.

»Und die Strände?«, fragte Filly. »Ich wette, die waren auch herrlich.«

»Total, absolut heeerrlich!«, bestätigte Frau Donner. »So weit das Auge reichte, nichts als gelber Sand.« Und wieder schaute sie sich ganz versonnen um, als sähe sie die endlose Meeresküste und keine rissigen Wände und kein angeknackstes Geschirr. »Der Sand war heiß von der Sonne«, schwärmte sie weiter. »Man lief wie auf glühenden Kohlen.«

»Habt ihr euch etwa verbrannt?«

»Ich ja, meine Süße. Eines Tages rannte ich über den Strand, da verlor ich auf einmal einen von meinen Schuhen – das heißt, einen Badelatschen. Ich kriegte eine Blase am kleinen Zeh. Und euer Dad – ach, es war so aufregend –, euer Dad nahm meinen winzigen Fuß in seine riesigen Hände und pustete auf meine Blase, bis der Schmerz weg war.«

»Er hat dir auch ein Herz gebastelt, Mum, stimmt's?«

»Ja, meine Süße. Aus Muscheln hat er mir ein großes Herz in den Sand gelegt. Und in die Mitte hat er HERR DONNER LIEBT FRAU DONNER geschrieben. Ach, es war ja so romantisch. Ich habe ihm auch ein Herz in den Sand gelegt. Und mitten hinein in mein Herz habe ich … ratet mal – was geschrieben?«

»FRAU DONNER LIEBT HERRN DONNER?«

»Genau. Ach, es war alles so … so … heeerrlich. Und die Vögel!« Nun geriet Frau Donner regelrecht ins Flattern. »Die Vögel waren kunterbunt. Heeerrlich, heeerrlich, heeerrlich!«

»Erzähl uns vom Meer«, forderte Filly sie auf. »Davon wollen wir noch was hören. Stimmt's, Bruderherz?«

Fergal blinzelte. »Ja, Schwesterherz.«

»Ach, meine Süßen.« Frau Donner wuschelte

Fergal durchs Haar. »Das Meer war auch heeerrlich. Blau wie der Himmel und so klar, dass man bis auf den Grund sehen konnte.«

»Und da habt ihr ein Schiffswrack gesehen.«

»Genau. Eines Tages fuhren euer Dad und ich mit einem Ruderboot hinaus. Und wir schauten an der Bootswand hinunter und dort – auf dem Grund des Meeres – erblickten wir ein Wrack. Das Schiff war Hunderte von Jahren alt. Aus Holz und mit hohen Masten. Wir wollten tauchen und es erforschen… Aber es ging nicht.«

»Warum nicht, Mum?«, fragte Filly.

»Weil im Wasser winzige rote Fische schwammen«, erklärte Frau Donner. »Und die Fische hatten lauter giftige Stacheln. Wenn man sich an einem piekte, wurde man sehr krank. Deshalb blieben euer Dad und ich im Boot und schauten uns das Wrack aus sicherer Entfernung an. Eigentlich eine Schande. Aber was soll's, heute bin ich für so was eh zu alt.« Sie seufzte. »Schiffswracks zu erforschen ist was für junge Leute.«

»Aber du bist doch noch nicht alt!«, widersprach Filly.

»Danke, meine Süße«, sagte Frau Donner. »Aber ich bin auch kein Springinsfeld mehr.« Ein trauriger Ausdruck erschien in ihren Augen.
Filly versuchte, die Stimmung wieder aufzuheitern. »Im Meer waren auch wunderschöne Delphine, Mum, stimmt's?«, fragte sie. Der Bauch der Teekanne war repariert. Nun mussten nur noch die Tülle angeklebt und die beiden Hälften des Deckels zusammengefügt werden.
»Jede Menge Delphine«, antwortete Frau Donner, und die Melancholie verschwand aus ihren Augen. »Sie sprangen aus dem Wasser und schlugen Purzelbäume.«
»Was hast du angehabt?«
»Oh, meine Süßen«, hauchte Frau Donner und schaute beide an. »Was Heeerrliches. Hawaiihemden und Bermudashorts. Bilder von Vulkanen und Palmen und schaumigen Wellen waren darauf. Und… wir trugen Sonnenbrillen, damit uns die Sonne nicht in die Augen stach und – wie ich schon gesagt habe – Badelatschen, damit wir uns die Füße nicht verbrannten.«
»Ich wette, du sahst total herrlich aus, Mum«, sagte Filly. »Stimmt's, Bruderherz?«
»Ja, Schwesterherz«, antwortete Fergal und starrte seine Mutter an.

»Ja, ich sah heeerrlich aus!«, bestätigte Frau Donner. »Ich war braun gebrannt und hatte Taillenumfang 56.« Sie fuhr sich mit den Händen über die Hüften, als berührte sie die makellose Haut und den perfekten Körper von damals und nicht die käsigen kräftigen Rundungen von heute.

»Was habt ihr gegessen?«, Filly war gerade damit fertig geworden, die Tülle an die Kanne zu kleben, und fing jetzt an, den Deckel zusammenzufügen.

»Heeerrliche Dinge«, Frau Donner leckte sich die Lippen (und kriegte die Zunge voll Lippenstift). »Es gab ja Palmen dort und euer Dad kletterte immer hoch und schüttelte eine Kokosnuss zum Essen herunter. Oh, meine Süßen ... schaut mich an!« Frau Donners Augen schwammen in Tränen. »Ich muss schon losheulen, wenn ich nur daran denke.« Sie nahm ein Papiertaschentuch aus der Tasche und tupfte sich die Augen ab.

»Damals hast du Dad geliebt, stimmt's, Mum?«

»Ja, das stimmt, meine Süße.«

»Und er hat dich geliebt.«

»Genau.«

»Und liebst du ihn immer noch?«

»Hm ... ich glaube, ja.«

»Und er liebt dich auch immer noch?«

»Wahrscheinlich.«

»Also liebt ihr beide euch immer noch?«

Eine Weile lang dachte Frau Donner nach. »Ich glaube, du hast Recht«, sagte sie schließlich. »Wir lieben uns immer noch.«

»Teekanne wieder heil!«, verkündete Filly.

»Schau sich das einer an!«, rief Frau Donner und klatschte in die Hände. »Du bist so geschickt mit dem Kleber, meine Süße.« Sie küsste Filly. »Und du«, fuhr sie fort und küsste Fergal, »bist so geschickt darin, einfach dazusitzen und mich mit deinen großen Augen anzublinzeln.«

Filly sah, wie Fergal unter dem Pullover lächelte.

»Geht und sucht euren Vater«, sagte Frau Donner und stand auf. »Sagt ihm, er kann atmen, so viel er will. Ja, meinetwegen kann er sogar durch seine behaarten Ohren atmen.«

»Alles klärchen, Mum.« Filly nahm Fergal an die Hand. »Dalli, dalli, Bruderherz!« Sie gingen zur Haustür. »Jetzt wird's Zeit, Dad aufzumuntern«, flüsterte Filly. »Was ist das für ein interessantes Hobby.«

5

Die meisten Straßen heutzutage sind voller Häuser und Autos, die durchfahren (oder an den Bordsteinen entlang parken). Wenn ihr in einer Straße wohnt, wette ich, sieht sie mehr oder weniger so aus. An der Ecke gibt es vielleicht einen Laden und irgendwo einen Briefkasten und die Leute sagen »Guten Morgen« oder »Guten Abend« (je nach Tageszeit).

Aber Fillys und Fergals Straße war ganz anders.

Sie sah eher aus wie … hm, ich erzähle euch, was Filly dazu meinte.

Sie sah aus wie die Oberfläche des Mondes, meinte sie.

Ich erkläre euch auch, warum.

Fast alle Häuser waren abgerissen worden. Die, die nicht ganz abgerissen waren, waren halb abgerissen. Und die, die nicht halb abgerissen wa-

ren, warteten darauf, abgerissen zu werden, ihre Fenster und Türen waren mit Holz oder Wellblech zugenagelt.

Die Häuser wurden von einem hohen Kran abgerissen, der eine riesige Kugel an einer Kette durch die Luft schwang. Die Kugel traf eine Wand und –

RUMS!

krachte die Wand in sich zusammen.

Dann schwang der Kran die Kugel wieder und –

RUMS!

krachte die nächste Wand in sich zusammen.

Und der Kran machte das so lange, bis von dem Haus nur noch ein Haufen Schutt übrig war.

Das einzige Haus, das noch stand und bewohnt war, nun, das war das Haus, in dem Filly und Fergal wohnten. Aber sie wussten, dass sie ziemlich bald – wie alle anderen auch – umziehen mussten.

Sie warteten nur auf einen Brief.

»Eines Tages«, erzählte Frau Donner ihnen immer, »kriegen wir einen Brief von denen da oben. Und dann bekommen wir ein brandneues Haus mit Garten. Und dann haben wir auch wieder Nachbarn. Wird das nicht heeerrlich?«

Da hatte Filly ihre Zweifel. Schließlich hatten Nachbarn Ohren. Ohren, die hörten, wie Herr und Frau Donner schrien und Sachen kaputtschmissen. Und die Nachbarn würden reden. Und über kurz oder lang würden alle Bescheid wissen.

Vielleicht ist es am besten, wenn wir bleiben, wo wir sind, dachte Filly. Auf der Oberfläche des Mondes.

So hatte Filly die Straße genannt, nachdem sie eine Fernsehsendung über die Landung der ersten Menschen auf dem Mond gesehen hatte. (Das war natürlich zu den Zeiten, als sie noch einen Fernseher hatten. »Der Streit, bei dem der Fernseher den Geist aufgab«, war ja nun beinahe neun Monate her und ein neuer nie angeschafft worden.) Filly war überrascht gewesen, wie sich die Oberfläche des Mondes und ihre eigene Umgebung ähnelten. Nur erhoben sich hier halb demolierte Gebäude statt Mondberge; große Löcher, wo vorher Häuser gestanden hatten, taten sich statt Mondkratern auf und anstatt Mondgestein lagen Betonklötze herum.

Filly hatte Fergal auf die Ähnlichkeit hingewiesen, und als er ein bisschen lebhafter als sonst »Ja, Schwesterherz« gesagt hatte, wusste sie, dass ihm der Vergleich gefiel.

Filly sah, wie etwas weiter weg der Kran seine Kugel an der Kette schwang. Vor dem grauen

Himmel sah er aus wie ein Dinosaurier. Sie hörten, wie ein Haus zusammenkrachte.
Dann vernahmen sie eine Stimme.
»Trine!«, grummelte die Stimme.
Ihr Vater!
»Trine!«, grummelte er wieder.
Hand in Hand gingen Filly und Fergal in Richtung der Stimme. Sie kletterten über einen Haufen Schutt und… da marschierte Herr Donner immer rundherum um einen Stoß Ziegelsteine.
Er war klein und dicklich, hatte eine Glatze mit schwarzen Haaren drum herum und trug einen leuchtend grünen Morgenmantel, der in dem leichten Wind flatterte.
»Trine!«, grummelte er noch einmal. Und fügte dann hinzu: »Wo ist mein Kamm?«
Nach jedem Streit versuchte Herr Donner, sich das Haar über die Glatze zu kämmen.
»Guten Morgen, Dad«, sagte Filly und ging zu ihm.
Fergal zog sich den Pullover über die Augen.
»Meine Wonneproppen!«, rief Herr Donner und fingerte den Kamm aus der Morgenmanteltasche. »Ihr glaubt ja nicht, was eure Mutter, diese Trine, gemacht hat.«
»Was denn, Dad?«, fragte Filly.

»Sie hat einen Streit angefangen.«
»Wie?«
»Sie hat mich angeguckt«, knurrte Herr Donner.
»Aber ab und zu muss Mum dich angucken«, seufzte Filly.
»Nicht unbedingt!«, fauchte Herr Donner, fuhr sich energisch mit dem Kamm durchs Haar und strich es über die Glatze. »Und schon gar nicht so, wie *sie* guckt. Ihre Augen sind ganz wässrig und blutunterlaufen – UACH!« Er schüttelte sich von oben bis unten und fragte: »Weißt du, warum deine Mutter auf dieser Erde ist?«

»Um dich zu piesacken?«, riet Filly.
»Recht hast du! Und weißt du, was ich ihr gegeben habe?«
»Die besten Jahre deines Lebens?«
»Recht hast du! Und weißt du, was ich nicht mehr bin?«
»Ein Springinsfeld?«
»Recht hast du!« Immer noch marschierte Herr Donner rund um den Ziegelsteinhaufen. Jedes Mal, wenn er sich die Haare über die Glatze gekämmt hatte, blies der Wind sie wieder weg und er musste von vorn anfangen. »Jede kleinste Kleinigkeit an ihr piesackt, piesackt, piesackt mich bis aufs Blut«, stöhnte er. »Wie ihr die Essensreste zwischen ihren trinigen Zähnen stecken bleiben – UACH! Wie ihr der Schlafdreck in den trinigen Augen klebt – UACH! UACH! Wie ihr schlabbriger Bauch schwabbelt, wenn sie geht – UACH! UACH! UACH!«
Wird Zeit, dass ich dem ein Ende bereite, dachte Filly.
»Flitterwochen!«, rief sie.
Da blieb Herr Donner stocksteif stehen und starrte Filly an. »Flitterwochen?«, sagte er.
»Ja, Dad! Warum erzählst du uns nicht von deinen Flitterwochen?«

Plötzlich wurde Herr Donner viel ruhiger. Langsam steckte er den Kamm wieder in die Tasche und setzte sich auf einen Betonklotz.

»Ach, meine Flitterwochen, meine Wonneproppen«, seufzte er und lächelte in der Erinnerung. »Wie kann ich sie beschreiben? Es war… wunnervoll!«

Fergals Augen tauchten über dem Rollkragen auf.

»Wie sah Mum damals aus?«, fragte Filly.

»Wunnervoll!«, rief Herr Donner und seine

Augen glänzten. »Sie hatte lange Locken und so eine schmale Taille, dass ich sie mit einem Arm umfassen konnte. Mein ganzer Körper machte Pling und Ruckzuck, wenn ich in ihrer Nähe war. Und wisst ihr, was mein Herz machte?«

»Wom, wom?«

»Recht hast du!« Herr Donner fasste sich an die Brust, als spüre er noch das Wommen.

»Erzähl uns von den Flitterwochennächten, Dad«, drängte Filly. »Mum hat uns schon von den Tagen erzählt.«

»Wirklich?«, rief Herr Donner. »Hat sie euch von dem blauen Himmel und dem klaren blauen Meer erzählt?«

»Aber ja doch«, versicherte Filly ihm. »Stimmt's, Bruderherz?«

»Ja, Schwesterherz«, bestätigte Fergal.

»Und dem Schiffswrack?«

»Genau! Stimmt's, Bruderherz?«

»Ja, Schwesterherz.«

»Und den Stränden?«

»Genau! Stimmt's, Bruderherz?«

»Ja, Schwesterherz.«

»Der Blase?«

»Genau! Stimmt's, Bruderherz?«

»Ja, Schwesterherz.«

»Und den Kokosnüssen und den Muschelherzen und den Vögeln und den Delphinen und den –«

»Von alldem hat sie uns erzählt«, unterbrach Filly ihn. »Jetzt brauchst du uns nur noch was über die Nächte zu erzählen. Also, warum fängst du nicht mit … den Sonnenuntergängen an?«

»Die Sonnenuntergänge!« Herrn Donners Augen wurden groß vor Erstaunen. »Ach, sie waren so wunnervoll, meine Wonneproppen. Eure Mum und ich standen am Strand und sahen zu, wie die Sonne unterging, einfach nur aus Spaß an der Freude. Rot und gelb und orange und scharlachrot und malvenfarben. Es war wie ein Gemälde.« Und er richtete den Blick sehnsüchtig nach oben, als sähe er immer noch den prächtigen Himmel und nicht die endlosen grauen Wolken. »Wunnervoll«, seufzte er. »Einfach wunnervoll.«

»Ich wette, es gab Sternschnuppen.«

»Recht hast du! Sie zischten über den Himmel wie –«

»– das größte Feuerwerk in der ganzen Geschichte des Feuerwerks!«, beendete Filly den Satz für ihn.

Herr Donner lächelte und nickte. »O ja, alles war wunnervoll auf der Insel. Kein Wunder, dass der Vulkan nie ausgebrochen ist.«

»Der… Vul… Vulkan?«, stammelte Filly. (Bisher hatte sie noch nie etwas von einem Vulkan gehört. Selbst Fergal blinzelte vor Überraschung ein paar Mal mit den Augen.)

Herr Donner nickte. »Der Vulkan in der Mitte der Insel«, erzählte er.

»Aber… aber…« Um sich zu beruhigen, atmete Filly mehrmals tief durch. »Aber war er denn groß?«

»Sehr groß.«

»Und war er… hm, lebendig?«

»Aber ja doch. Aus dem Gipfel sah man schwarzen Rauch aufsteigen.«

»Und warum ist er dann nicht explodiert?«

»Das erzähl ich euch jetzt«, sagte Herr Donner und setzte sich auf dem Betonklotz ein bisschen bequemer hin. Er zog Filly an sich und hob sie sich aufs rechte Knie, dann Fergal aufs linke. »Wisst ihr, die Leute, die zu der Insel fuhren, waren Leute wie eure Mum und ich. Wir waren alle–«

»In den Flitterwochen?«, unterbrach Filly ihn.

»Einige ja. Aber ich meinte, sie machten alle Urlaub. Keiner von uns wohnte ja dort. Und natürlich fanden alle die Insel wunnervoll. So wunnervoll, dass niemand zurück nach Hause wollte.«

»Das erklärt aber noch nicht, warum der Vulkan nie explodiert ist«, warf Filly ein. »Oder, Bruderherz?«

»Nöh, Schwesterherz.«

»Dazu komm ich schon noch, meine Wonneproppen«, beruhigte Herr Donner sie. »Es gab nämlich eine Legende über die Insel. Und die Legende besagte, dass der Vulkan nur ausbrechen würde, wenn jemand die Insel wirklich verlassen *wollte.* An dem Tag, wo jemand sagen würde: ›Ich will nach Hause‹, dann – BA-AM!«

Filly und Fergal schreckten hoch.

»Aber… Aber das wäre ja schrecklich!«, stieß Filly hervor. »All die wunderschönen Strände und Palmen würden zerstört. Und was wäre mit all den Vögeln und… und Delphinen und… und…?«

»Nun reg dich mal nicht auf, mein Wonneproppen.« Herr Donner drückte Filly sanft die Hand. »Die Insel ist so total und rundum wunnervoll, dass wahrscheinlich nie im Leben einer freiwillig von dort weg will.«

»Du bist aber weggegangen!«, erinnerte Filly ihn.

»Ich weiß. Doch… ich wollte ja nicht.« Seine Stimme wurde sehr traurig. »Manchmal habe ich den Eindruck, dass sich seit dem Tag, an dem ich die Insel verließ, mein ganzes Leben verändert hat. An einem Tag noch hatte ich eine Stirnlocke und Muskelpakete, war umgeben von goldenem Sand und blauem Himmel und am nächsten war ich umgeben von…« Er betrachtete den Schutt und den grauen Himmel und konnte sich nicht einmal dazu durchringen, zu Ende zu reden.

»Von mir und Fergal!«, beendete Filly den Satz für ihn. »Du bist umgeben von uns!«

»Recht hast du«, stimmte Herr Donner ihr zu und lächelte. »Also hat es sich doch gelohnt, die Insel zu verlassen.« Und er gab beiden einen Kuss.

Wenn es bloß immer so wäre, dachte Filly. Nun

sieht Fergal in seinem Pullover richtig glücklich aus. Es erinnert mich an die Zeiten, als Mum und Dad immer gelacht und sich in den Arm genommen und gegenseitig ›mein Liebes‹ genannt haben – Liebe! Menno! Ich habe Dad noch nicht dazu gebracht, dass er sagt, dass er und Mum sich trotzdem noch lieben. Das ganze Gerede von dem Vulkan hat mich abgelenkt. Jetzt aber dalli, dalli! Los geht's –

»Dad«, sagte Filly, »als ihr auf der Insel wart, hast du Mum geliebt, stimmt's?«

»Recht hast du, mein Wonneproppen.«

»Und sie hat dich geliebt?«

»Recht hast du.«

»Und du liebst sie immer noch?«

»Hm… ich glaube schon.«

»Und sie liebt dich?«

»Ich glaube, ja.«

»Also liebt ihr euch immer noch?«

Eine Weile lang dachte Herr Donner nach. »Ich glaube, du hast Recht«, sagte er. »Wir lieben uns immer noch.« Er sprang so schnell hoch, dass Filly und Fergal beinah auf die Erde gefallen wären. »Ich geh jetzt wieder zu eurer Mutter«, sagte er. »Sie kann mich angucken, so viel sie will.« Und er rannte über den Schutt zu ihrem Haus.

»Noch ein Erfolg, Bruderherz«, meinte Filly. »Ich frage mich, wie lange sie brauchen, bis sie wieder anfangen zu streiten. Wie lange hat es bis jetzt gedauert?«

Fergal nahm die Stoppuhr aus der Tasche und zeigte sie Filly.

»Eine Stunde und zweiundzwanzig Minuten und fünfzehn Sekunden«, stellte sie fest. »Alles klärchen, dann gehn wir jetzt auch zurück und frühstücken was.« Sie machten sich auf den Weg. »Hunger, Bruderherz?«

»Ja, Schwesterherz.«

»Ich bin auch am Verhungern. Mein Magen gibt die ganze Zeit diese komischen Gluggergeräusche

von sich, die Mum so hasst. Los, komm. Dalli, dalli! Hopp, hopp! Husch –«

Das zweite Husch sagte Filly nie.

Denn sie hatte etwas sehr Überraschendes gesehen.

Wahrhaftig so überraschend, dass sie nicht nur stehen blieb, sondern auch aufhörte zu reden.

6

Wie ich schon erwähnt habe, sahen Filly und Fergal selten andere Menschen auf der Oberfläche des Mondes. Es war also schon eine Überraschung, überhaupt jemanden zu sehen. Aber der Mensch, den sie nun sahen, war ganz besonders überraschend.

Es war eine ur-ur-uralte Frau, und obwohl der Tag alles andere als kalt war, trug sie mindestens fünf Mäntel. Die Mäntel waren schmutzig und voller Löcher, auch ihre Strümpfe und – wartet's nur ab! – ihre Gummistiefel. Jawohl, Gummistiefel! Obwohl es Mitte August war und gar nicht regnete. Die alte Frau trug auch einen sehr langen Schal und Fausthandschuhe aus Wolle und sieben Plastiktüten voll mit, weiß der Himmel, was.

Aber das Allerüberraschendste waren die Haare der Frau.

Weil sie aussahen, als wären sie aus … Holz! Auf ihrem Schädel wuchsen überall Zweige und einige hatten sogar noch Blätter daran.

Die Frau ging immerzu im Kreis herum, offenbar suchte sie etwas in dem Schutt. »Wo sind sie bloß?«, murmelte sie vor sich hin. »Wo sind sie bloß?«

»Haben Sie etwas verloren?«, erkundigte sich Filly, als sie sich von ihrer Überraschung erholt hatte.

Die alte Frau fuhr zusammen. »Oh, du hast mich aber erschreckt!«, stieß sie hervor und schaute Filly an. Ihre Augen waren sehr klein und sehr blau, wie Scheibchen von einem Sommerhimmel. »Bitte, seid vorsichtig, wo ihr hintretet, meine Küken. Sonst tretet ihr vielleicht mitten drauf.«

»Wo denn drauf?«, fragte Filly.

»Auf meine falschen Zähne.«

»Ihre falschen Zähne?«

»Ja, und noch dazu sind es so hübsche Beißerchen«, redete die alte Frau weiter. »Sie glitzern perlweiß. Wenn ich die drin habe, fühle ich mich um Jahre jünger. Und ich muss einfach lächeln. Jetzt würde ich es nicht wagen zu lächeln. Ich will nicht, dass ihr mein nacktes Zahnfleisch seht.«

Filly wollte höflich sein und meinte: »Mich würde es nicht stören, wenn ich Ihr nacktes Zahnfleisch sähe.«

»Ein junges Küken wie du will nicht das nackte Zahnfleisch von einem alten, verhutzelten Küken sehen. O nein. Also, wo könnten meine Beißerchen bloß sein? Ich will doch nicht hoffen, dass sie weg sind. Es war der glücklichste Tag meines Lebens, als ich sie gefunden habe.«

»Sie haben sie *gefunden*?«, rief Filly erstaunt.

»Jawohl, mein Küken.«

»Aber… wo?«

»Irgendwo hier in dem Schutt. Sie lagen im Dreck und lächelten mich an. Da habe ich sie aufgehoben und mir in den Mund gesteckt. Und tralala! ich konnte wieder lächeln. Das einzige Problem ist… hm, das Gebiss ist zu groß für mich, so dass es mir immer wieder aus dem Mund fällt. Gestern erst habe ich um Geld gebettelt, und gerade als ein Herr Jemand mir ein paar Münzen geben wollte und ich ›Danke schön‹ sagte, da – ihr glaubt es kaum – schossen meine Beißerchen heraus. Trafen den Herrn Jemand genau zwischen den Augen. Ich habe so oft ›Entschuldigung‹ gesagt, dass ich gar nicht mehr mitzählen konnte. Aber der Herr Jemand weigerte sich trotzdem, mir Geld zu geben. Was ich ungerecht fand. Ich habe ihm ja schließlich nicht absichtlich mit meinen Beißerchen eine geschossen. Also, helft ihr zwei Küken mir jetzt suchen? Eure jungen Kükenaugen sehen viel besser als meine alten Kükenaugen.«

Sorgfältig begannen Filly und Fergal zu suchen.

Nach ein paar Minuten sagte Fergal: »Hier, Schwesterherz« und zeigte auf etwas.

»Meine Beißerchen!«, schrie die alte Frau und hob sie auf. »So, jetzt wisch ich sie erst mal ordentlich an meinem Mantel ab… Na bitte! Und jetzt… hinein mit euch!« Sie steckte sich die Zähne in den Mund, prokelte mit der Zunge so lange daran herum, bis sie richtig saßen, und lächelte breit. »Tralala! Wie seh ich aus?«

Das Gebiss war offensichtlich viel zu groß für sie, und es klebten auch noch ein paar Dreckkrümel daran, aber Filly sagte, sie sähen gut aus, und Fergal steuerte ein »Ja, Schwesterherz« bei.

»Jetzt kann ich mich doch wieder sehen lassen«, verkündete die alte Frau. Doch es bereitete ihr Mühe, mit den großen Zähnen zu reden. »Darf ich mich vorstellen? Mein Name ist Juno Wisper.

Küken, die so betagt sind wie ich, sagen Juno zu mir, aber jüngere Küken wie ihr sagen meistens Frau Wisper.«

»Nett, Sie kennen zu lernen, Frau Wisper«, meinte Filly. »Ich heiße Filly und das ist mein Bruder Fergal.«

»Und was für ein hübsches Paar Küken ihr seid!« Frau Wisper merkte, wie Fergal ihr oben auf den Kopf starrte. »Was schaust du dir da mit deinen großen dunklen Augen an, mein Küken?«

Fergal blinzelte, antwortete aber nicht.

Filly erklärte es für ihn. »Wenn ich ehrlich sein soll, ich glaube, Ihr Haar. Es ist… Oh, das klingt jetzt bestimmt sehr unhöflich.«

»Ach, spuck's aus«, sagte Frau Wisper. »Ich gestatte dir eine unhöfliche Frage, weil ihr mir geholfen habt, meine Zähne zu finden.«

Filly holte tief Luft. »Ihr Haar…«, begann sie. Und holte noch einmal Luft. »Hm, es sieht aus wie… aus Holz.«

»Ja, weil es aus Holz *ist*, meine Küken«, sagte Frau Wisper völlig ungerührt. »Vor Jahren habe ich all mein echtes Haar verloren. Was ihr jetzt auf meinem Kopf seht, ist eine Perücke. Hm, wenn ich Perücke sage, meine ich in Wirklichkeit ein… ein Nest.«

»Ein *Nest!*« Nun schnappte Filly noch mal nach Luft.
»Ich will's euch erklären, meine Küken. Vor gar nicht allzu langer Zeit habe ich dieses Nest in einem Schutthaufen gefunden und sofort gesehen, wie wunderbar es auf meinen Kopf passen würde. Also setzte ich es auf und tralala! hatte ich Haar. Ich weiß ja, dass es immer noch ein bisschen hölzern aussieht, aber hölzernes Haar ist besser als gar kein Haar, meint ihr nicht auch?«
Filly und Fergal nickten, im Augenblick noch zu überrascht zum Sprechen.
»Und es hat mich keinen Pfennig Geld gekostet«, fuhr Frau Wisper fort. »Mir ist unbegreiflich, warum die berühmten Filmstars ein Vermögen für Perücken ausgeben, obwohl sie sich genauso leicht ein Vogelnest auf den Kopf setzen könnten. Moment, was ist denn das für ein Krach?«
»Ich fürchte, es ist mein Magen«, erklärte Filly, überaus peinlich berührt.
»Dein Magen? Hast du denn noch nicht gefrühstückt?«
Filly schüttelte den Kopf.
»Aber… ihr wohnt doch dort drüben, oder?« Frau Wisper zeigte auf ihr Haus.
Filly nickte.

»Vor einem Weilchen habe ich einen Mann in das Haus rennen sehen. War das euer Vater?«
Wieder nickte Filly.
»Und ich habe gesehen, wie eine Frau hinter den Gardinen hervorgeguckt hat. Das war wahrscheinlich eure Mutter, was?«
Filly nickte zum dritten Mal.
»Aber wenn ihr eine Mutter und einen Vater habt, warum haben sie euch dann noch nichts zu – WUPPDICH! Da fliegen meine Zähne raus!« Frau Wispers Zähne schossen aus ihrem Mund.
Sie sausten durch die Luft.
Filly fing die oberen auf.
Fergal die unteren.
»Was seid ihr für geschickte Küken!«, rief Frau Wisper. Sie stopfte sich die Zähne wieder in den Mund. »Wo waren wir stehengeblieben? Ach ja. Kein Frühstück. Warum, meine Küken, warum?«
»Hm…«, begann Filly.
»Ja?«, drängte Frau Wisper. »Nur keine Hemmungen.«
»Mum und Dad streiten sich ziemlich viel, wissen Sie, und –«
»Das ist ja grauenhaft! Was sind denn das für unartige erwachsene Küken! Und dabei haben sie so ein entzückendes Paar kleine Küken, um

die sie sich kümmern sollten. Absolut grauenhaft!«

»Ach, so schlimm ist es nicht«, meinte Filly.

Das bezweifelte Frau Wisper. »Wirklich nicht?«

»Nein. Wir haben ein Hobby daraus gemacht. Und es ist wirklich sehr interessant. Stimmt's, Bruderherz?«

»Klar, Schwesterherz«, bestätigte Fergal klipp und klar.

»Ist das wahr, mein kleines Küken?« Frau Wisper schaute Fergal ins Gesicht.

Er blinzelte, antwortete aber nicht.

»Mein Bruder spricht nur mit mir«, erklärte Filly. »Er redet nicht einmal mit Mum und Dad.«

»Aha«, sagte Frau Wisper nachdenklich. »Dann erzählt mir mal ein bisschen mehr von eurem Hobby.«

»Hm… wir haben so ein Buch, das heißt *Das Buch der Streite*. Und wir haben eine Stoppuhr – Zeig Frau Wisper die Stoppuhr, Bruderherz.«

Fergal tat, wie ihm geheißen.

»Und wir stoppen jeden Streit…« Filly erklärte alles.

Aber sie merkte, dass Frau Wisper klar war, dass es nicht der Wahrheit entsprach. Sie sah es in den Augen der alten Frau. Frau Wisper wusste, dass

es kein bisschen interessant war und Filly es sich nur ausgedacht hatte, um Fergal abzulenken.
»Na, du hast sicher Recht«, sagte Frau Wisper, als Filly zu Ende erzählt hatte. »Aber manchmal – Hobby hin oder her – kann es kleinen Küken einfach zu viel werden, wenn sie immer zuhören müssen, wie sich erwachsene Küken anschreien. Wenn euch also die Dinge jemals zu viel werden sollten – nicht, dass es unbedingt so sein muss, denn, wie du schon gesagt hast, es ist ein sehr interessantes Hobby –, aber *wenn* sie euch jemals über den Kopf wachsen, dann habe ich etwas, das helfen könnte. Na, wo ist er?« Sie wühlte in ihren Plastiktüten. »Irgendwo hier ist er, ganz bestimmt«, murmelte sie. »Ich habe ihn erst neulich gesehen.« Sie zog einen kaputten Lampenschirm heraus. »Nein, das ist er nicht.« Dann eine Melone (einen Hut!). »Das auch nicht.« Dann eine leere Bierflasche. »Die schon gar nicht... Ah, hier ist er! Tralala.«
Mit schwungvoller Geste hielt Frau Wisper etwas in die Luft.
Es hatte die Form eines sehr großen Löffels. Aber es sah aus wie... na, wie aus Stein. Es war dunkelbraun und voller Hubbel und Knubbel.

»W-Was ist das?«, fragte Filly.
»Das, mein Küken«, lautete die Antwort, »ist der Meteoritenlöffel!«

7

»Der Meteoritenlöffel!«, stieß Filly aus.

Frau Wisper nickte.

»Aber… wie? Warum?« Filly gingen auf einmal so viele Fragen durch den Kopf, dass sie nicht wusste, mit welcher sie anfangen sollte.

»Ich will es euch erklären, meine Küken.« Frau Wisper atmete einmal tief durch, rückte das Gebiss wieder an seinen Platz und begann. »Vor langer Zeit, als ich ein junges Küken war und weder ein Vogelnest auf dem Kopf noch die Zähne von jemand anderem im Mund tragen musste, wohnte ich in einem Haus. Ach, ich weiß, was ihr denkt… Sie ist bloß eine alte Pennerin. Wie kann sie je ein Haus gehabt haben? Aber so wie heute war ich nicht immer. O nein! Einst besaß ich ein Haus und es war wunderhübsch. Damals war ich das glücklichste Küken der Welt.«

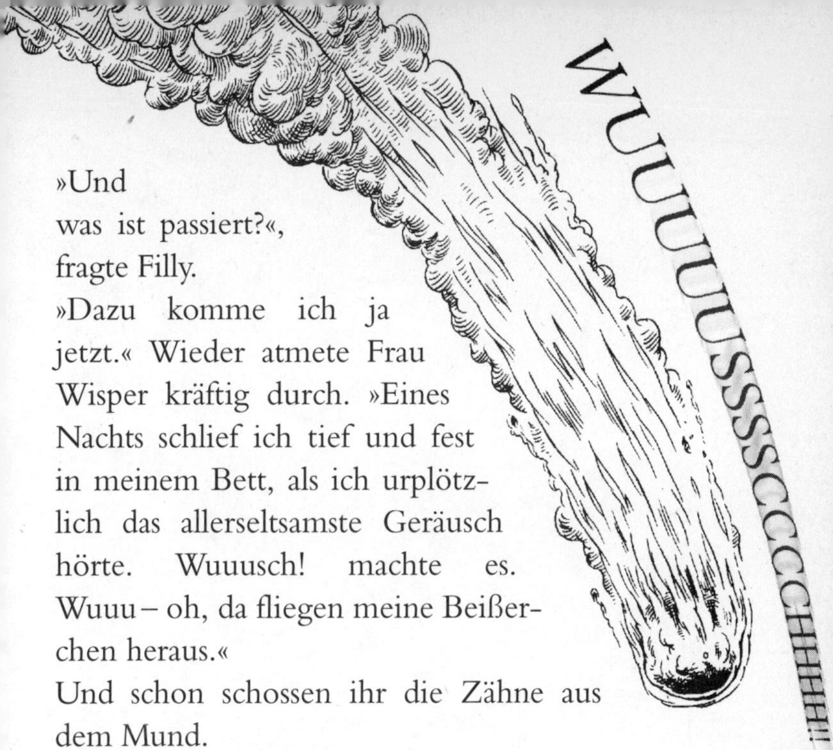

»Und was ist passiert?«, fragte Filly.

»Dazu komme ich ja jetzt.« Wieder atmete Frau Wisper kräftig durch. »Eines Nachts schlief ich tief und fest in meinem Bett, als ich urplötzlich das allerseltsamste Geräusch hörte. Wuuusch! machte es. Wuuu – oh, da fliegen meine Beißerchen heraus.«

Und schon schossen ihr die Zähne aus dem Mund.

Diesmal fing Filly die unteren auf.

Und Fergal die oberen.

»Ihr werdet ja richtig geschickt beim Alten-Beißerchen-Fangen, meine Küken«, bemerkte Frau Wisper und steckte sie sich wieder in den Mund. »Es sollte olympische Disziplin werden. Ihr zwei würdet allemal die Goldmedaille gewinnen. Also … wo war ich?«

»Wuuusch!«, erinnerte Filly sie.

»Genau!« Frau Wisper sammelte ihre Gedanken.

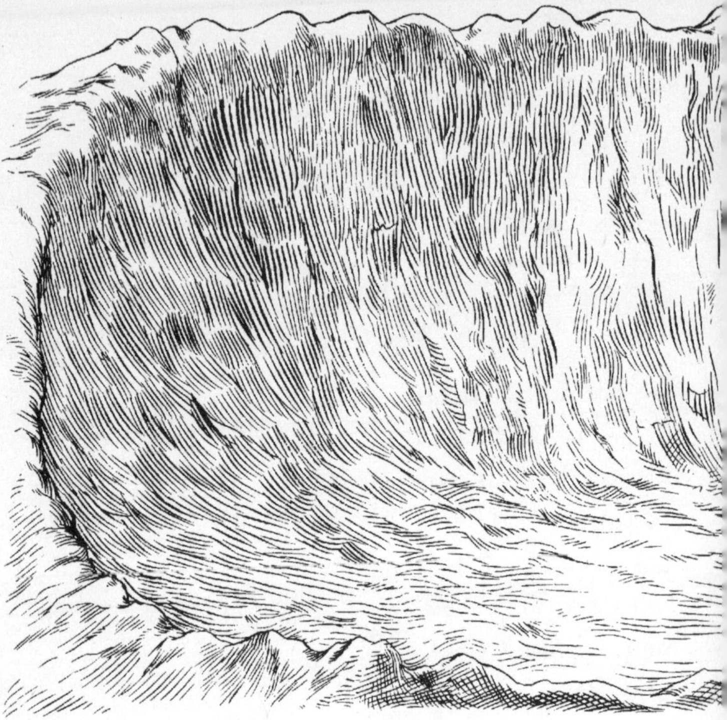

»Ich lag im Bett und hörte wuuu – ach, ich sage es nicht noch einmal, sonst fliegen meine Zähne wieder heraus. Und dann schlagen sie euch vielleicht k.o. und das wäre gar nicht gut. Vielleicht könnt ihr ja das Geräusch für mich machen und mir helfen, in die richtige Stimmung zu kommen.«

»Wuuusch!«, machte Filly.

»Ich sprang aus dem Bett.«

»Wuuusch!«
»Ich dachte, es wäre vielleicht eine undichte Gasleitung. Aber nein! Das Geräusch kam von außerhalb des Hauses. Ich rannte hinaus. Das Wuuuschen wurde lauter.«
»Wuuusch!«, machte Filly ein bisschen lauter.
»Viel lauter!«
»Wuuuuusch!«, machte Filly.
Und diesmal fiel noch eine Stimme mit ein.

Fergal!

Filly schaute ihn überrascht an. Da half er ihr wahrhaftig beim Wuuuschen. Und hatte die Augen so weit aufgerissen wie noch nie.

»Ich schaute nach oben«, fuhr Frau Wisper fort, »und da sah ich es! Am Nachthimmel! Leuchtend rot! Es war ein Meteor!«

»Wuuuuusch!«, machten Filly und Fergal.

»Ein Meteor zischte schnurstracks auf mein Haus zu.«

»Wuuuuussscchhh!«

»Ich rannte in Deckung!«

»Wuuuuuuussssccccchhhhh!«

»Und dann –«

»WUUUUUUUSSSSSCCCCCHHHHH!«

»RUMS! Der Meteor schlug voll in mein Haus ein. Vor meinen eigenen Augen wurde mein hübsches Haus zerstört. Nichts blieb übrig, meine Küken. Kein Bett, kein Fernseher, keine Stühle, kein Geschirr. Nichts. Stattdessen klaffte dort ein großer, schmauchender Krater.« Frau Wisper seufzte traurig. »Als alles abgekühlt war, ging ich hin, um einen Blick hineinzuwerfen. Was für eine Bescherung! Mein hübsches Haus war in einem Augenblickswuuusch verschwunden –« Hier flogen ihre Zähne beinahe wieder heraus, aber sie fing sie gerade noch rechtzeitig auf und schob sie, ohne mit der Wimper zu zucken, an ihren Platz. »Und alles, was ich als Erinnerung an das Heim fand, das ich einst besessen hatte, war … das!« Sie hielt den Meteoritenlöffel in die Höhe. »Etwas von dem geschmolzenen Metall des Meteors muss den Vorlegelöffel überzogen haben. Und das ist er! Ich habe ihn jahrelang mit mir herumgeschleppt. Und nun … gebe ich ihn euch, meine sehr besonderen Küken.«

»Aber … warum?«, wollte Filly wissen.

»Weil er euch vielleicht hilft.« Frau Wisper lächelte. »Ich weiß, ihr habt aus den Streitigkeiten eurer Eltern ein Hobby gemacht und es ist bestimmt interessant, aber – wie ich schon gesagt habe – manchmal wachsen die Dinge kleinen Küken über den Kopf und sie würden am liebsten schreien. Hab ich Recht?«

Fergal nickte bedächtig.

»Gut, wenn das passiert … grabt mit dem Meteoritenlöffel einfach ein Loch und schreit hinein. Schreit, so laut und so lange ihr wollt. Und danach – tralala – wird alles viel besser, das verspreche ich euch.« Sie gab Fergal den Löffel.

Er nahm ihn vorsichtig, als sei es ein kostbarer Schatz.

Plötzlich… erfüllte lautes Schreien die Luft.
»Das sind Mum und Dad!«, rief Filly. »Wie lange zwischen den Streiten, Bruderherz? Hopp, hopp! Die Stoppuhr!«
Fergal zeigte ihr die Uhr.
»Genau zwei Stunden!«, sagte Filly. »Jetzt stell die Uhr wieder, Bruderherz. Wir müssen den Streit stoppen.« Sie schaute Frau Wisper an. »Wir würden gern noch bleiben und uns weiter mit Ihnen unterhalten, Frau Wisper, aber leider müssen wir wirklich so husch, husch wie möglich zurück nach Haus.«
»Ich verstehe, meine Küken. Euer Hobby ruft.« Frau Wisper nahm ihre Tüten und setzte sich langsam in Bewegung. »Es war wunderschön, euch beide kennen zu lernen«, sagte sie lächelnd.
»Es war auch wunderschön, Sie kennen zu lernen«, sagte Filly, packte Fergal an der Hand und rannte los.
»Seht aber zu, dass ihr etwas in den Magen bekommt!«, rief Frau Wisper hinter ihnen her.
»Klaro! Und danke schön –«
PENG! machte etwas im Haus.
Filly sagte: »Also, ich glaube nicht, dass gerade wirklich etwas kaputtgegangen ist, Bruderherz. Ach bitte, ein bisschen mehr hopp, hopp!«

Aber Fergal trödelte und blickte sich immer wieder zu Frau Wisper um, die in der Ferne verschwand.

Und als sie an der Haustür waren, zog Fergal seine Hand aus Fillys und winkte der alten Frau zu. »Wiedersehn, Frau Wisper«, rief er.

Frau Wisper war nun schon ziemlich weit weg. Fergal konnte kaum sehen, wie sie zurückwinkte. Doch er konnte sie hören.

»Seid tapfer, meine Küken«, rief sie, »seid tapfer!«

8

Nachmittags (nachdem der zweite Streit des Tages beendet und ihre Eltern wieder »zusammengeflitterwochent« waren) saßen Filly und Fergal in ihrem Zimmer und brachten *Das Buch der Streite* auf den neuesten Stand. Das heißt, Filly war damit beschäftigt. Fergal saß auf seinem Bett und blinzelte den Meteoritenlöffel an.

»Alles klärchen«, zwitscherte Filly. »Als Erstes müssen wir den Grund für den ersten Streit von heute eintragen. Stimmt's, Bruderherz?«

»Ja, Schwesterherz«, erwiderte Fergal geistesabwesend.

»Also, Mum sagt, weil Dad geatmet hat. Und Dad sagt, weil Mum ihn angeguckt hat. Aber ich habe den Verdacht, Mum hat Dad nur angeguckt, weil sie sein Atmen geärgert hat. Also schreibe ich nur ›Dads Atmen‹ als Ursache auf. Erklärst du dich damit einverstanden, Bruderherz?«

Noch ein geistesabwesendes »Ja, Schwesterherz«.

Filly schrieb in das Buch.

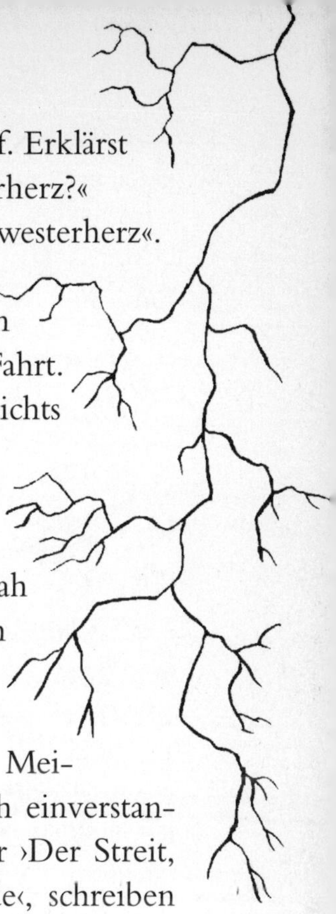

»Und nun weiter zu dem zweiten Streit von heute.« Filly kam in Fahrt. »Also, bei dem Streit ist ja nun nichts zerbrochen worden, was bedeutet, dass wir Kleber sparen, Bruderherz. Aber es ist viel Essen durch die Gegend geflogen. Das Haus sah aus wie ein Schweinestall. Überall an den Wänden gebackene Bohnen und an der Zimmerdecke sogar ein paar Speckstreifen! Ich bin der Meinung – natürlich nur, wenn du dich einverstanden erklärst, Bruderherz –, dass wir ›Der Streit, bei dem das Essen vergeudet wurde‹, schreiben sollten.« Filly freute sich über ihren eigenen Einfallsreichtum. »Wie gefällt dir das, Bruderherz?«

»Gut, Schwesterherz.«

»Nur gut?«, beschwerte Filly sich. »Also wirklich, Bruderherz, ich möchte doch bitten: Ehre, wem Ehre gebührt!«

Aber Fergal schaute in einem fort den Löffel an.

Filly seufzte und schrieb:

ZEIT ZWISCHEN DEN STREITEN:
Zwei Stunden

DAUER DES ZWEITEN STREITS:
Fünf Stunden und acht Minuten und zwölf Sekunden

DING BZW. DINGE, DIE KAPUTTGINGEN:
Jede Menge Essen

NAME DES STREITS:
Der Streit, bei dem das Essen vergeudet wurde

URSACHE DES STREITS:
Dad gähnte und Mum sah seine ganzen Füllungen und sagte: »Uach!«

ALLGEMEINE ANMERKUNGEN:
Als dieser Streit begann, waren wir nicht im Haus, aber wir rannten sofort zurück, als wir ihn hörten. Essen flog durch die Luft. Ich kriegte einen eingelegten Hering ins Gesicht und Fergal ein paar gefrorene Erbsen hinten in den Pullover. Es endete damit, dass Mum aus dem Haus stürmte und die Tür zuknallte. Noch ein riesiger Riss in der Wand. Dieser Streit war sehr laut.

Wenn Filly aber vielleicht dachte, dieser Streit sei laut gewesen, dann war das nichts – ich wiederhole: nichts – im Vergleich dazu, was später am Abend folgen sollte.

Nachdem Herr und Frau Donner das Haus sauber gemacht hatten (als besonders schwierig erwies sich, den Speck von der Zimmerdecke abzukratzen), war es Zeit zum Essen.
Aber – vergesst das nicht – fast das ganze Essen war ja nun weggeworfen worden.
Es waren, sage und schreibe, noch vier Eier übrig.
Weil Filly Angst hatte, dass daraus wieder ein Streit entstehen würde, behauptete sie: »Hm, hm! Jetzt wäre ein gekochtes Ei nicht übel. Selbst wenn man mir ein Steak und Fritten vorsetzen würde, könnte ich sie nicht essen. Stimmt's, Bruderherz?«
»Ja, Schwesterherz.«
(Steak und Fritten – genau das hätten sie natürlich gern gegessen. Da sie den ganzen Tag nichts bekommen hatten,

waren sie kurz vorm Verhungern und ihr Magen rumpelte wie verrückt.)

Frau Donner kochte die Eier und alle setzten sich zu Tisch.

Die Mahlzeiten waren die spannungsreichsten Zeiten überhaupt im Hause Donner. Da Herr

und Frau Donner einander gegenübersaßen und Herr Donner sich beim Anblick von Frau Donners Augen ekelte und Frau Donner das Geräusch von Herrn Donners Atmen zuwider war, gab es reichlich Gelegenheit für einen Wahnsinnszoff.

Aber der wurde schließlich nicht von blutunterlaufenen Augen oder pfeifenden Nasenhaaren verursacht.
Sondern von der Art, wie Herr Donner die Spitze seines Eis aufschlug.
Während nämlich Frau Donner ihr Ei mit dem

Messer köpfte, zerklopfte Herr Donner die Spitze seines Eis langsam mit einem Teelöffel.
Tok-tok-tok! machte der Löffel.
Filly sah, wie ihre Mutter ärgerlich wurde.
Tok-tok-tok-tok!
Filly warf einen Blick auf Fergal.

Er aß sein Ei und starrte auf den Meteoritenlöffel in seinem Schoß, deshalb hatte er keine Ahnung von der bevorstehenden Explosion …

Tok-tok-tok-tok-tok!

Frau Donner biss die Zähne zusammen.

Tok-tok-tok-tok-tok-tok!

Es pochte in Frau Donners Schläfen.

Tok-tok-tok-tok-tok-tok-tok!

»Muss das sein?«, fuhr Frau Donner Herrn Donner endlich an.

»Muss was sein?«, fragte Herr Donner verblüfft.

»Dass du auf deinem dämlackigen Ei herumklopfst«, zischte sie. »Es dauert ja eine halbe Ewigkeit. Warum kannst du nicht wie der Rest der Menschheit einfach die Spitze abschlagen? Das ist die richtige Art und Weise, ein Ei zu essen.«

»Es gibt keine richtige Art und Weise!«, erwiderte Herr Donner und sprang auf. »Außerdem bist du beim Essen der reinste Staubsauger, und ich weiß gar nicht, warum du dir nicht gleich das ganze Ei ins Maul stopfst und es in einem Haps verschlingst, mit Schale und allem.«

Nun stand auch Frau Donner auf.

»Die Stoppuhr, Bruderherz«, flüsterte Filly eindringlich. »Dalli, dalli! Sie haben angefangen –«

Und dann sah sie, dass mit Fergal was nicht stimmte. Er zitterte am ganzen Körper. Und in seinen Augen standen Tränen.

O nein!, dachte Filly. Gleich fängt er wieder an zu weinen. Ich wusste, irgendwann wird es ihm zu viel.

»Keine Bange, Bruderherz.« Filly tätschelte ihm die Hand. »Es ist unser Hobby. Mehr nicht. Kopf hoch –«

Aber es half nichts.

Die Tränen kullerten ihm in den Rollkragen. Und er umklammerte den Meteoritenlöffel so fest, dass seine Fingerknöchel weiß wurden.

Frau Donner warf mit dem Ei nach Herrn Donner.

Es traf ihn genau auf der Glatze.

Herr Donner warf mit dem Ei nach Frau Donner. Es blieb in ihren Haarzotteln hängen.

»Du bist ein Mitesserhaufen in einem verschwitzten Unterhemd!«, schrie Frau Donner gellend.

»Du bist ein schäbiger Morgenmantel mit Runzeln drin!«, schrie Herr Donner ebenso gellend zurück.

»Du bist ein Fettkloß mit Glatze!«

»Du bist ein dicker fetter Knorpel mit verschmiertem Lippenstift!«

Fergal rannte aus dem Zimmer.
Filly folgte ihm in den Flur.
»Mach dir nichts draus, Bruderherz!«, beschwor sie ihn. »Kopf hoch! Hopp, hopp! Husch –«
RUMS!
Sie hatten den Tisch umgekippt.
»Keine Angst, Bruderherz.«
KLLLIIIRRRRRR!
Teller zerschellten.
Fergal zitterte noch mehr.
»Keine Angst, Bru-«
Herr Donner stürmte in den Flur.
Frau Donner rannte hinter ihm her.
»Und wo willst du wohl hingehen?«, höhnte Frau Donner.
»Nach oben, Koffer packen«, polterte Herr Donner. »ICH VERLASSE DICH!«
Verlasse dich!, dachte Filly. Das haben sie noch nie gesagt. Dad will weggehen. Er will seinen Koffer packen. O nein! Bitte, geh nicht weg!
»Du gehst nicht weg!«, kreischte Frau Donner. »*ICH* GEHE WEG!« Sie versuchte sich an ihm vorbeizuschieben. »Aus dem Weg! Ich will meinen Koffer zuerst packen.«
Sie versuchten, sich gegenseitig aus dem Weg zu drängen, jeder wollte zuerst oben sein.

»Nimm deine blutunterlaufenen Augen von mir!«, brüllte Herr Donner.

»Bleib mir mit deinem schuppigen Haar vom Leibe!«, brüllte Frau Donner.

»Mum!«, schrie Filly. »Dad! Hört auf!«

Aber sie waren zu sehr damit beschäftigt, sich zu schubsen und zu beleidigen, als dass sie Filly gehört hätten.

Sie können nicht weggehen!, dachte Filly. Nein, nein!

Fergal zitterte und bebte wie Espenlaub.

Herr und Frau Donner erreichten den oberen Treppenabsatz. Immer noch versuchten sie, einander aus dem Weg zu stoßen.

Eine Sekunde, bevor es passierte, sah Filly, was geschehen würde.

»Die Lampe!«, schrie sie.

Aber es war zu spät.

Herr und Frau Donner hatten die Lampe der Welt umgehauen.

Sie begann die Treppe hinunterzukullern.

Nein!, dachte Filly. Zerbrich nicht! Es ist das Lieblingsstück von Mum und Dad. Bitte zerbrich nicht!

Herr und Frau Donner sahen zu, wie sie die Treppe hinunterrollte.

»Die Lampe!«, schrie Frau Donner.
»Die Lampe!«, schrie Herr Donner.
Jedesmal, wenn die Lampe auf eine Treppenstufe traf, zuckte die ganze Familie zusammen.
Zerbrich nicht!, dachte Filly.
Noch eine Stufe.
Zuck!
Zerbrich nicht!
Noch eine Stufe.
Zuck!
Zerbrich nicht!
Und dann...
Sprang sie von der letzten Stufe...
Rollte über den Fußboden...
Und traf – ach, so sacht – zuerst Fillys große schwarze Schnürschuhe und dann Fergals.
Und...
Zerbrach genau in zwei Teile.

9

Menno!, dachte Filly. Das ist »Der Streit, bei dem die Welt in Scherben fiel«.

Sie schaute nach oben zu Herrn und Frau Donner.

Entsetzt starrten sie die zerbrochene Lampe an.

»Das ist deine Schuld!«, fauchte Frau Donner und zeigte auf Filly.

»M-Meine?«, stotterte Filly.

»Ja, genau. Du hast mit deinen klobigen Schuhen dagegengetreten.«

»Hab ich nicht, Mum. Ehrlich nicht.«

»Fang nicht an mit mir zu streiten, du gestrecktes Zebra!«

»Und du bist auch schuld!«, knurrte Herr Donner und zeigte auf Fergal. »Du hast auch mit den Schuhen dagegengetreten, du in deinen Pullover gequetschtes jämmerliches Bürschlein.«

Und da rannte Fergal weg. Er rannte zur Tür unter der Flurtreppe, riss sie auf und flitzte in den Keller.

»Jetzt seht ihr, was ihr gemacht habt!«, schrie Filly ihre Eltern an. »Ich weiß nicht, warum ihr es an uns auslasst! *Ihr* habt die Lampe umgeschmissen–«

Aber nun hatte Frau Donner wieder Herrn Donners Atmen gehört und Herr Donner Frau Donners Augen gesehen und sie stritten sich genauso wild wie vorher.

Filly rannte hinter Fergal her.

Der Keller wurde von einer einzigen Glühbirne erhellt. Ein paar Pappkartons lagen herum und ein verrostetes altes Fahrrad, auf dem Filly immer gefahren war (das heißt, als draußen noch Straßen und Bürgersteige waren, auf denen man fahren konnte).

Fergal hatte sich in eine Ecke gekauert. Er umklammerte den Meteoritenlöffel und weinte so heftig, dass er kaum Luft kriegte. »Huh-huh-huh«, weinte er.

»Ach, Bruderherz«, seufzte Filly und ging zu ihm. »Wein nicht. Bitte, wein nicht.«

»Huh-huh-huh!«

»Mum und Dad haben es doch nicht so gemeint«, versuchte Filly ihn zu beruhigen. »Du weißt doch, wie sie werden, wenn sie sich gegenseitig piesacken. Sie sagen Sachen, die sie gar nicht meinen. Hinterher geben sie zu, dass es ihnen leid tut. Du bist überhaupt nicht in deinen Pullover gequetscht und ich bin schon gar kein gestrecktes Zebra. Das war alles nur Mumpitz. Komm schon, Bruderherz. Hopp-husch … ich meine, husch-hopp! Ach, ich weiß überhaupt nicht mehr, was ich meine. Ich weiß nur, wenn du weiter weinst, fang ich auch noch an. Ach, Mist! Mir reicht's, jetzt könnte ich wirklich schreien –«

Und da hatte sie eine Idee.

»Genau, Bruderherz!«, rief sie. »Erinnerst du dich, was Frau Wisper uns geraten hat, wenn uns die Dinge über den Kopf wachsen? Dass wir mit dem Meteoritenlöffel ein Loch graben und hineinschreien sollten? Also, wenn uns die Dinge je über den Kopf gewachsen sind, dann jetzt!«

Wie zur Bestätigung wurde das Schreien oben erheblich lauter.

»Gib mir den Löffel, Bruderherz!«, befahl Filly. »Ich spüre, wie ich gleich mal ernsthaft schreien muss.«

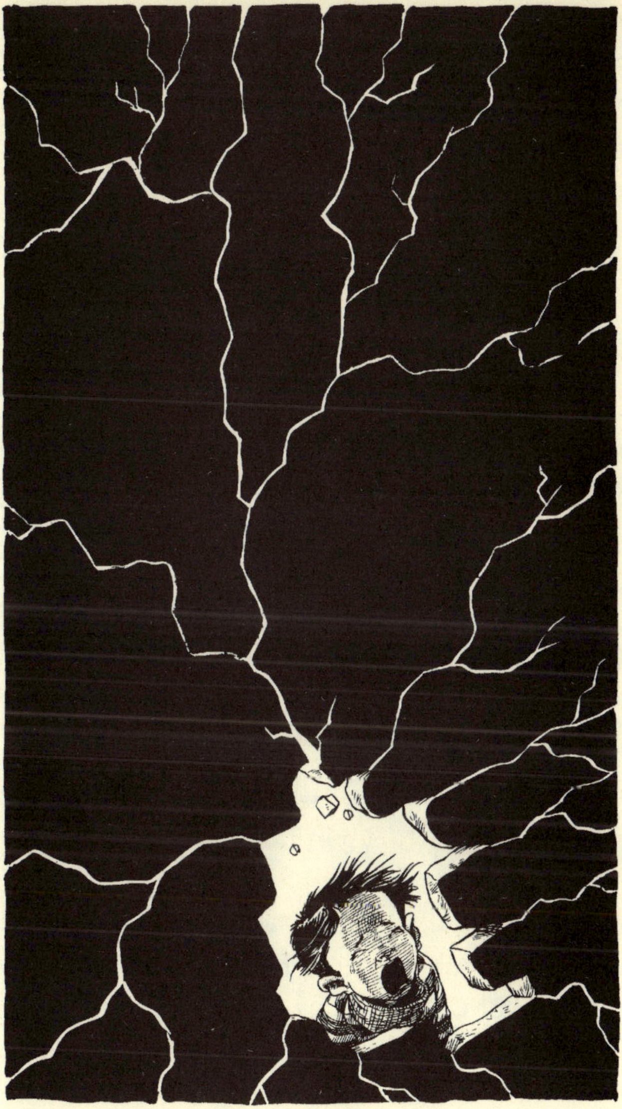

Schluchzend gab Fergal ihr den Löffel.
Filly versuchte ein Loch in den Boden zu graben. Aber der war aus Beton und viel zu hart.
»Huh-huh-huh!«
»Keine Panik, Bruderherz!«
Als nächstes probierte sie es mit der Wand.
Die war zwar aus Ziegelsteinen, aber so alt und bröckelig, dass nach einem bisschen Herumstochern die Ziegel herauszufallen begannen.
Filly grub in der Erde dahinter.
»Schau, Bruderherz!«
Fergal weinte weiter.
Filly grub weiter.
Und oben stritten sich Herr und Frau Donner weiter.
Noch ein Ziegelstein fiel heraus.
Dann noch einer.
Das Loch wurde größer und größer.
»Zeit zum Schreien, Bruderherz«, verkündete Filly, als sie mit der Größe des Lochs zufrieden war. Sie steckte den Kopf hinein und los ging's: »Ahhhhhhh!«
»Huh-huh-huh!«, weinte Fergal.
»Nicht ›huh‹, Bruderherz«, korrigierte Filly ihn. »Es geht ›ahhhhhhh‹. So schreit man. Und ich muss sagen, ich fühle mich schon viel besser, weil

ich geschrien habe. Der Meteoritenlöffel funktioniert tatsächlich. Jetzt komm aber mal her und versuch es auch, bevor dein Pullover vor lauter Tränen auf die Größe einer Wollmütze zusammenschrumpft.«
Langsam ging Fergal auf das Loch zu.
»Nun mal los, Bruderherz«, drängte Filly ihn.
Fergal holte tief Luft, doch er schaffte nicht mehr als ein schwaches »Huh-huh-huh!«.
»Ein guter erster Versuch, Bruderherz«, ermutigte Filly ihn. »Probier mal, deinen Kopf richtig in das Loch zu stecken.«
»Huh-huh-huuhhhhhh!«
»Langsam wird's, Bruderherz.«
»Huh-huh-huuuhhhhhhh!«
»Noch einmal, Bruderherz.«
Und dann geschah es –
»AAAAAAAHHHHHHHHHHHHHH!«, schrie Fergal.
Einen so lauten Schrei hatte Filly noch nie gehört. In Wirklichkeit war es wahrscheinlich der lauteste Schrei, der in der ganzen Geschichte des In-ein-Loch-Schreiens je in ein Loch geschrien worden war.
Und dann geschah noch etwas –
Die Decke begann zu wackeln.

In der Wand zeigten sich Risse.
Der Boden begann zu zittern.
Und der ganze Keller sprang auf und ab wie bei einem Erdbeben.
Fergal ließ den Meteoritenlöffel fallen.
Staub wirbelte durch die Luft.
Filly und Fergal wollten gerade kreischen, da –
KRRRRRRAAAAAACCCCCCHHHHHH!
- ertönte womöglich der größte Krach, den sie je gehört hatten.
Es war bestimmt – ja, ihr habt es schon erraten! – der größte Krach in der ganzen Geschichte des Krachens.
Und dann wurde es totenstill.
Und sehr, sehr dunkel...

10

Damit ihr versteht, was den größten Krach in der ganzen Geschichte des Krachens verursacht hatte, müssen wir wieder nach oben gehen.
Ihr wisst ja, dass sich Herr und Frau Donner auch weiterstritten, nachdem Filly Fergal in den Keller gefolgt war.
Sie standen oben auf dem Treppenabsatz und schimpften aufeinander ein.
»Du lippenstiftverschmierter Klumpen Faulheit!«
»Du zerbröckelndes Schuppenfossil!«
»Du graugesträhntes, schmuddeliges Zotteltier!«
»Du schlapper Kümmerling aus Ohrenschmalz!«
Und dann wollte Frau Donner die Treppe hinunterlaufen.
»Und wo willst du, bitte schön, hin?«, höhnte Herr Donner.
»Du brauchst deinen Koffer gar nicht zu packen«,

keifte Frau Donner. »DENN ICH VERLASSE DICH JETZT!«

»*DU* VERLÄSST *MICH* NICHT!«, schrie Herr Donner. »*ICH* VERLASSE *DICH*!«

Und wieder rangelten sie miteinander, weil jeder zuerst vorbeiwollte.

Diesmal zur Abwechslung … die Treppe hinunter!

»AUS DEM WEG!«, kreischte Herr Donner.

»AUS DEM WEG!«, kreischte Frau Donner.

Sie rasten hinunter.

Und versuchten dann im Flur sich gegenseitig wegzuschubsen, weil jeder als erster an der Haustür sein wollte.

Herr Donner tobte: »ICH WILL DICH SO UNBEDINGT VERLASSEN, DASS ICH MIR DIE LIPPEN ABBEISSEN KÖNNTE!«

Frau Donner tobte: »ICH WILL DICH SO UNBEDINGT VERLASSEN, DASS ICH MIR DIE ZÄHNE AUSLUTSCHEN KÖNNTE!«

Genau gleichzeitig kamen sie an der Haustür an.

Öffneten beide die Tür.

Wollten beide losrennen.

Und blieben folglich beide im Türrahmen stecken.

»Dämlack!«

»Trine!«

Es war schon Nacht und sehr dunkel und still draußen.
Herr und Frau Donner krümmten und wanden sich und – schafften es mit einer gewaltigen Anstrengung freizukommen.
Sie taumelten in die Dunkelheit.
Herr Donner ergriff die Tür, um sie zuzuknallen.
Frau Donner ergriff die Tür, um sie zuzuknallen.
Und – gemeinsam – knallten sie sie mit geradezu übermenschlicher Kraft zu.
Aber da passierte es!
Über der Haustür erschien ein Riss. Ein sehr langer Riss. Er schoss die Hauswand hinauf und traf sich mit noch einem Riss – Der Riss traf sich mit einem anderen Riss.
Mit noch einem.
Noch einem.
Auf einmal krochen lauter Risse wie schwarze Schlangen über die Fassade des Hauses.

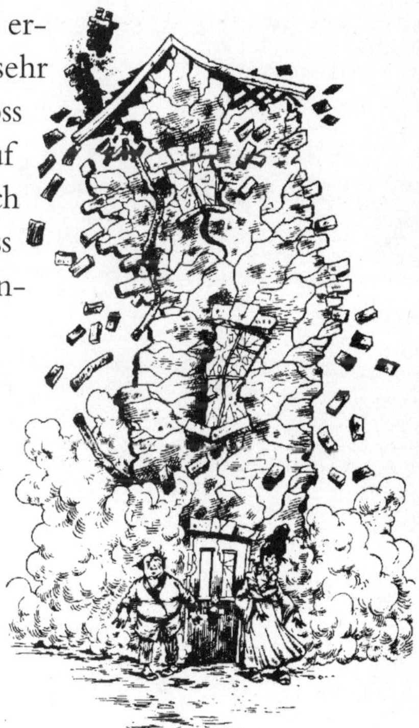

Das Haus fing an zu wackeln.

Herr und Frau Donner traten ein paar Schritte zurück.

Die Risse liefen weiter ineinander…

Ein Ziegelstein fiel herunter.

Dann ein Fenstersims.

Dann eine Dachpfanne.

»UNSER ZUHAUSE!«, kreischten Herr und Frau Donner.

Und dann – mit dem größten Krach in der ganzen Geschichte des Krachens – fiel das Donnersche Haus in sich zusammen.

11

»Bruderherz?«

»Was, Schwesterherz?«

»Hast du dir wehgetan?«

»Nein, Schwesterherz.«

»Wo bist du, Bruderherz?«

»Hier, Schwesterherz.«

»Es ist zu dunkel, Bruderherz. Ich kann die Hand nicht vor den Augen sehen. Was wohl passiert ist? Aber nur keine Panik, Bruderherz. Ich glaube, ich kann mich bis zur Kellertür vortasten… Ja, hier sind die Stufen nach oben… Vorsicht, Vorsicht… Hier ist die Tür. Jetzt drehe ich den Türgriff um, Bruderherz. Jeden Moment sind wir draußen. Menno, Bruderherz. Die Tür geht nicht auf. Und ich kann auch kein Licht durchs Schlüsselloch sehen. Irgendwas muss die Tür von der anderen Seite versperren. Aber nur keine Panik… Ich taste mich mal wieder nach unten… Vorsicht, Vorsicht… Dort. Menno, Bruder. Schau! Da ist ein Licht!«

Aus dem Loch, das sie mit dem Meteoritenlöffel gegraben hatten, schien helles goldenes Licht.

Jetzt konnte Filly Fergal sehen.

Seine Haare waren verdreckt und seine Augen vom Weinen noch rot, aber davon abgesehen, sah er völlig in Ordnung aus.

Hand in Hand gingen sie auf das Loch zu.

Es war nun sehr viel größer – beinahe so groß

wie eine Tür, und... ja, es war gar kein Loch mehr.
Es war der Eingang zu einem Tunnel!
Noch dazu einem sehr langen Tunnel!
»Menno!«, Filly schnappte nach Luft.
»Ja, Schwesterherz«, fiel Fergal ein. Und er ergriff Fillys Hand und ging weiter –
»Warte, Bruderherz!«, ermahnte Filly ihn. »Nicht so husch, husch, bitte sehr. Wir müssen erst einmal nachdenken. Wir können nicht einfach so in jeden ollen x-beliebigen Tunnel hineinbummeln.

Wir wissen ja nicht, was am anderen Ende ist. Es könnte gefährlich werden.«

»Nöh, Schwesterherz«, entgegnete Fergal. Und er ging noch einen Schritt vorwärts und zog Filly mit.

Wahrscheinlich haben wir sowieso keine Wahl, dachte Filly. Durch die Kellertür können wir nicht raus und im Dunklen will ich auch nicht bleiben. Außerdem sieht das goldene Licht sehr einladend aus.

»Alles klärchen, Bruderherz«, sagte sie und folgte ihm. »Aber Vorsicht ist die Mutter der Porzellankiste.«

Die Wände des Tunnels waren aus dunkler Erde, der Boden war mit Ziegelsteinstaub bedeckt.

Mit jedem Schritt wurde das goldene Licht heller. Ja, so hell, dass es Filly blendete und sie sich die Augen reiben musste. Als sie wieder klare Sicht hatte, sah sie etwas Seltsames.

Der Ziegelsteinstaub verwandelte sich in –

»Sand, Bruderherz«, bemerkte Filly und bückte sich, um eine Hand voll aufzuheben. »Gelber Sand!«

Vor Aufregung trat Fergal von einem Fuß auf den anderen.

Sie gingen ein wenig weiter.

Und dann hörte Filly etwas.
»Das kann doch nicht wahr sein!«, rief sie. »Hörst du das Geräusch? Es klingt ja wie das –«
»Meer, Schwesterherz«, unterbrach Fergal sie und trat heftiger denn je von einem Fuß auf den anderen. Er hatte im Fernsehen (natürlich bevor Herr Donner den Bildschirm eingetreten hatte) Sendungen über das Meer gesehen und konnte nun seine Aufregung kaum zügeln.
Da siegte auch Fillys Neugierde und sie begann schneller und schneller zu gehen.
Das Licht wurde heller.

Das Rauschen des Meeres wurde lauter.
Es gab immer mehr Sand.
Und dann, urplötzlich, waren sie aus dem Tunnel und –
»Menno!«
»Ja, Schwesterherz!«
Sie standen an einem Strand. So weit das Auge reichte, gelber Sand. Und das Meer, kristallklar und blau wie der Himmel. Ein wolkenloser Himmel mit einer glänzenden, goldenen Sonne. Und Palmen. Hohe Palmen mit Kokosnüssen in der Krone.
Und ein Schild stand dort. Ein Schild mit drei Worten darauf. Die Worte lauteten:

WILLKOMMEN IM
FLITTERWOCHENPARADIES

12

Herr und Frau Donner starrten auf das zusammengekrachte Haus. Eine Zeit lang waren sie so schockiert, dass sie sich nicht rühren konnten. Außer einem Haufen Schutt war nichts mehr übrig.

Eine sanfte Brise wehte ein paar Tapetenfetzen durch die Nacht.

Abgesehen davon war es ruhig.

Und still.

Bis –

»MEINE SÜSSEN!«, jammerte Frau Donner.

»MEINE WONNEPROPPEN!«, jammerte Herr Donner.

Und sie rannten los und fingen an, in den Trümmern herumzugraben.

»Das warst du, du Dämlack!«, beschuldigte Frau Donner Herrn Donner. »Du hast die Tür zugeknallt!«

»Du hast die Tür auch zugeknallt, du Trine!«, hielt Herr Donner dagegen.
»Meine armen Süßen!«, jammerte Frau Donner weiter und warf ein paar Ziegelsteine beiseite. »Wer weiß, vielleicht sind sie so platt wie Pfannekuchen.« Bei dem Gedanken fügte sie automatisch ein rasches »UACH!« hinzu und fuhr dann fort: »Und das alles nur, weil du dein dämlackiges Ei nicht richtig essen konntest –«
»Nun fang schon an zu graben!«, unterbrach Herr Donner sie. »Ich weiß genau, dass ich gesehen habe, wie sie in den Keller gegangen sind. Wenn das zutrifft, haben wir ordentlich was zu tun. Also grab! Jetzt ist keine Zeit zum Streiten!«

»Dämlack«, brummelte Frau Donner leise in sich hinein und grub.
»Trine«, brummelte Herr Donner leise in sich hinein und grub.
Und so ging es weiter.
»Dämlack.«
Graben.
»Trine.«
Graben.
»Dämlack.«
Graben.
»Trine.«
Graben.

13

»Los, komm, Schwesterherz!«, sagte Fergal und lief über den Sand.

Und Filly folgte ihm, so überrascht von der Umgebung, dass sie gar nicht merkte, wie viele Worte er gesagt hatte.

Sie schaute hinter sich. Der Eingang zu dem Tunnel war in einer Felswand und sah aus wie eine Höhle.

Ich darf nicht vergessen, wo er ist, dachte Filly. Schließlich müssen wir ja auch wieder zurückfinden –

Dann kapierte sie schlagartig!

»Bruderherz!«, rief sie. »Du hast drei Worte gesagt!«

»Das weiß ich, Schwesterherz.«

»Vier Wörter!«

»Bring dich nicht um, Schwesterherz.«

»Fünf!«
»Warum erwähnst du es dauernd, Schwesterherz?«
»Sechs! Und ich erwähne es, weil ich noch nie gehört habe, dass du mehr als zwei Worte gesagt hast! Noch nie! Und jetzt – meine Güte, jetzt purzeln ganze Sätze aus dir heraus! Warum fängst du jetzt damit an, Bruderherz?«
»Weil ich noch nie hier war, Schwesterherz«, erklärte er und schaute sich den Sand und das Meer und die Palmen an.
»Sieben Wörter! Menno, Bruderherz! Demnächst hältst du noch Volksreden –«
»Die Meeresluft! Nimm 'ne Nase voll mit, Schwesterherz!« Fergal zog sich den Pullover von der Nase und atmete tief durch.
»Acht!«, keuchte Filly. »Und du lässt sogar deine Nase sehen. Menno! Als wäre es noch nicht genug, dass ich mich hier an einem Strand wieder finde, krieg ich's jetzt auch noch mit deiner Nase und deinem endlosen Gequassel zu tun. Und ich muss dir sagen, mir wird ganz schön schwindelig, Bruderherz.« Mit dem Ärmelaufschlag wischte sie sich den Schweiß von der Stirn. »Hoffentlich krieg ich jetzt nicht auch noch einen Sonnenstich«, fuhr sie fort. »Bruderherz, setzen wir uns

mal einen Moment hin. Ich muss meine Gedanken sortieren.«

Sie setzten sich in den Sand und schauten auf den Ozean.

Die Wellen schwappten sanft ans Ufer. Vielfarbige Muscheln glänzten wie Juwelen in der Sonne. Es war wunderschön und friedlich.

Fergal atmete mehrmals tief durch und sagte dann: »Wenn ich jetzt rede, zähl bitte nicht meine Worte.«

»Klaro, Bruderherz«, versicherte Filly ihm. Nun ging es ihr ein wenig besser. Doch ehe sie sich's versah, sagte sie: »Neun!«

»Schwesterherz!« Fergal war böse. »Du hast gesagt, du würdest nicht zählen.«

»Ich könnte mir die Zunge abbeißen, Bruderherz, wirklich wahr«, entschuldigte Filly sich. »Ich verspreche dir, es kommt nicht wieder vor. Jetzt sag, was du sagen wolltest.«

Fergal holte tief Luft. »Ich habe gerade überlegt«, begann er und schaute aufs Meer, »ob es hier wohl Delphine –«

Weiter kam er nicht.

Denn plötzlich tummelten sich lauter Delphine im Meer. Sie sprangen aus dem Wasser und schlugen Purzelbäume in der Luft.

»Das sind ja Hunderte, Schwesterherz«, kicherte Fergal.
»Tausende, Bruderherz«, sagte Filly lachend.
»Millionen, Schwesterherz!«
»Milliarden, Bruderherz!«
»Billionen, Schwesterherz!«
»Billiarden, Bruderherz!«
»Trillionen, Schwesterherz!«
Die Delphine flogen aus dem Wasser wie silberne Vögel ohne Flügel, manche schlugen Purzelbäume, manche glitten auf ihren Schwanzspitzen rückwärts über die Wellen. Das Ganze sah aus wie eine sorgfältig einstudierte Show. Zwanzig Delphine sprangen gleichzeitig hoch und bewegten sich in dieselbe Richtung, und woanders sprangen auch zwanzig hoch und bewegten sich in die entgegengesetzte Richtung, während andere auf ihren Schwänzen unter ihnen tollten.
Filly und Fergal klatschten, bis ihre Hände rot wurden und anfingen zu prickeln.
Dann verschwanden die Delphine einer nach dem anderen wieder im Meer.
»Ich weiß nicht, was

ich sagen soll, Bruderherz«, gab Filly zu. »So etwas habe ich noch nie gesehen. Ich habe keine Ahnung, was hier abläuft. Aber, Bruderherz, ist es nicht… herrlich?«

»Wundervoll, Schwesterherz«, meinte Fergal auch. Er schaute zum Himmel hoch. »Jetzt frage ich mich noch etwas.«

»Und das wäre, Bruderherz?«

»Ob es wohl Vögel –«

Wieder konnte er den Satz nicht beenden.

Denn – ihr habt es erraten! – ein Vogel flog aus dem Himmel herbei und flatterte über ihnen im Kreis. Er war leuchtend rot und hatte schwarze Augen und einen langen spitzen Schnabel.

»Menno, Bru–«, begann Filly.

Doch auch sie konnte nicht zu Ende sprechen.

Denn jetzt waren zwei

Vögel da.

Dann drei.

Dann vier.

Fünf.

Sechs.

Sieben.

Immer mehr Vögel tauchten auf, bis der Himmel so voll war, dass die Sonne dahinter verschwand.

»Herrlich!«

»Wundervoll!«

Wahrhaftig, das waren sie.

Einige hatten rotes Gefieder, andere gelbes, wieder andere blaues. Manche hatten auch an den verschiedenen Körperteilen verschiedene Farben: rosafarbene Flügel, scharlachrote Köpfe, lilafarbene Brüste mit smaragdgrünen Schwänzen, zitronengelbe Haubenfedern und orangefarbene Hälse. Manche hatten lange Federn, manche kurze und manche waren bunt und kunstvoll gemustert: türkisfarbene Flecken und malvenfarbene Streifen und schneeweiße Romben oder schneeweiße Streifen mit malvenfarbenen Flecken und türkisfarbenen Romben, ja sogar malvenfarbene Romben mit türkisfarbenen Streifen und schneeweißen Flecken.

Ein paar Augenblicke lang kreisten die Vögel über ihnen, dann flogen sie – alle zur gleichen Zeit – nach links. Das Flügelschlagen und Kreischen klingelte Filly und Fergal in den Ohren.

Dann schwenkten die Vögel nach rechts ab.

Dann nach oben.

Dann nach unten.

Im Kreis herum.

Und die ganze Zeit bewegten sie sich im Gleichklang, als seien sie durch einen unsichtbaren Faden miteinander verbunden.

Ein paar Federn flatterten wie ein bunter Schneeflockenwirbel auf den Sand.

Eine geriet Fergal in die Nase und er musste etliche Male niesen, bis sie wieder herauskam.

»Das kommt davon, wenn man seine Nase aus dem Pullover steckt«, neckte Filly ihn.

Nach einer Weile flogen die Vögel landeinwärts und ließen sich in dem Palmendschungel nieder.

»Ich bin schon wieder sprachlos, Bruderherz«, gestand Filly. »Die Dinge, bei denen ich immer ›Menno!‹ sagen muss, nehmen offenbar kein Ende. Du überlegst, ob es hier Delphine gibt – und da sind Delphine! Du fragst dich nach Vögeln – und da sind Vögel. Vielleicht sollte ich es jetzt mal versuchen. Ich frage mich, ob… es hier Steak und Fritten gibt, damit unsere Mägen vielleicht mal aufhören zu knurren.«

Filly wartete…, aber nichts geschah.

»Anscheinend hab ich den Kniff noch nicht raus, Bruderherz«, seufzte Filly. »Warum probierst du es nicht noch mal?«

»Mach ich, Schwesterherz. Aber ich frage mich nicht, ob es Steak und Fritten gibt. Ich frage mich, ob noch jemand –«

Die Stimme eines Mannes unterbrach ihn.

»Habt ihr beide Hunger?«, rief die Stimme.

Zunächst konnten sie nicht sehen, wo sie herkam. Nicht vom Strand. Nicht vom Meer.

Aber dann sahen sie ihn!

Er saß hoch oben auf einer Palme in der Nähe und pflückte Kokosnüsse.

Filly und Fergal gingen zu ihm.

»Er trägt Bermudashorts, Bruderherz«, bemerkte Filly.

»Und ein Hawaiihemd, Schwesterherz«, bemerkte Fergal.

Beim Näherkommen bemerkten sie noch mehr.

»Badelatschen, Bruderherz!«
»Sonnenbrille, Schwesterherz.«
»Und … er ist braun gebrannt, Bruderherz.«
»Und hat eine schwarze Stirnlocke, Schwesterherz.«
»Und Muskelpakete, Bruderherz.« Filly holte tief Luft. »Menno!«, sagte sie mit schwacher Stimme. »Das kann doch nicht sein! Aber … er sieht genauso aus … wie … wie …« Sie war zu erstaunt, um den Satz zu Ende zu bringen.
Also beendete Fergal ihn für sie.
»Wie Dad, als er jung war!«, sagte er.

14

Herr Donner rief: »Ich habe was gefunden!«

Frau Donner kam angerannt und kniete sich neben ihn in den Schutt. »Was denn?«, fragte sie.

Mittlerweile waren sie beide voll Staub und Schmutz und die Fingernägel waren ihnen beim Graben abgebrochen.

»Die … die Stoppuhr«, antwortete Herr Donner. »Die Fergal immer mit sich rumschleppt. Mein armes kleines Wonnepröppchen.« Seine Augen füllten sich mit Tränen. »Wie hab ich ihn immer genannt?«

»Ein in seinen Pullover gequetschtes jämmerliches Bürschlein.«

»Ach, erinnere mich nicht daran!«

»Aber du hast gefragt.«

»Ich weiß«, seufzte Herr Donner. »Aber es bricht mir das Herz, wenn ich nur daran denke. Ach, Fergal, Fergal …« Er küsste die Stoppuhr. »Ich nenne dich nie wieder einen in seinen Pullover gequetschten Jungen. Auch sonst nichts, das verspreche ich hoch und heilig.« Die Tränen kullerten ihm über die

Wangen. Frau Donner wischte sie ihm mit dem Saum ihres Morgenmantels ab.

»Wo ist mein Kamm?« Herr Donner langte in seine Tasche.

»Dazu ist jetzt keine Zeit!«, stieß Frau Donner hervor und gab ihm einen Klaps aufs Handgelenk. »Wen kümmert deine Glatze? Wir müssen graben. Und damit basta. Grab weiter!«

Herr Donner nickte. »Recht hast du«, sagte er. »Grab weiter.«

Und das taten sie dann auch.

15

»Wir haben einen Bärenhunger«, rief Filly zu dem Mann hoch. »Stimmt's, Bruderherz?«
»Klaro, Schwesterherz.«
»Dann Achtung, Bomben!«, verkündete der Mann.
Eine Kokosnuss kam heruntergesaust.
»Pass auf, Schwesterherz!«, warnte Fergal Filly.
Gerade noch rechtzeitig rannten sie ihr aus dem Weg. Sie landete mit dumpfem Aufprall genau dort, wo sie gestanden hatten. Und ehe sie wussten, wie ihnen geschah, mussten sie schon wieder wegrennen, weil die nächste Kokosnuss herunterfiel.
»Vorsicht, da oben!«, warnte Filly.
Aber der Mann rief wieder: »Achtung, Bomben!« und eine dritte Kokosnuss fiel herunter.
Plumps!

Die witschte so dicht an Filly vorbei, dass die Härchen sie an der Wange kitzelten.
Der Mann kam die Palme heruntergeklettert und grinste sie breit an. »Da braucht man Muskeln, wenn man da hinaufklettern will«, prahlte er.

»Und ich hab tonnenweise Muskeln. Fühlt mal meinen Arm.«
Filly und Fergal taten, wie ihnen geheißen.
»Was fühlt ihr?«, fragte der Mann.
»Muskeln«, erwiderte Filly.
»Recht hast du. Jetzt fühl mal meine Beine. Was fühlst du dort?«
»Muskelpakete«, erwiderte Fergal.
»Die habe ich überall. Ich habe an Stellen Muskeln, wo die meisten Leute nicht mal Stellen haben. Und Kokosnüsse sind gut für den Muskelaufbau. Also – futtern wir!«
Auf einem Felsbrocken in der Nähe schlug er die Kokosnüsse auf. Er gab Filly eine, Fergal eine und aß die dritte selbst.
Jetzt zog Fergal den Pullover ganz von seinem Gesicht.
Filly hätte normalerweise sicher gesagt: »Menno, dein Kinn!«, aber sie war so damit beschäftigt zu essen und außerdem passierten so viele erstaunliche Dinge, dass sie gar nicht erstaunt genug gewesen wäre, um noch einmal »Menno!« zu sagen.
»Wisst ihr, was Kokosnüsse sind?«, erkundigte sich der Mann.
»Gut für den Muskelaufbau«, meinte Fergal.
»Ja, aber außerdem.«

Filly und Fergal schüttelten den Kopf.
»Sie sind wunnervoll«, strahlte der Mann. »Jawohl. Eins der vielen wunnervollen Dinge auf dieser Insel. Und wollt ihr wissen, was das wunnervollste von all den wunnervollen Dingen ist?«
»Der Sonnenschein?«, versuchte Filly es.
»Nein.«
»Der Sand?«, versuchte Fergal es.
»Nein.«
»Die Delphine?«
»Nein.«
»Die Vögel?«
»Nein, nein, nein, nein, nein.« Der Mann hatte seine Kokosnuss verspeist und warf die Schale weg. »Ich rede von etwas so Wunnervollem, dass im Vergleich dazu die Sonne eine Glühbirne ist und der Sand Ziegelsteinstaub und die Delphine eingelegte Heringe und die Vögel Schmeißfliegen.«
»Was ist es denn nun?«, fragte Filly.
»Frau Liebe.«
»Was… ich meine, *wer* ist Frau Liebe?«
»Hm, ich gebe euch einen Tip«, sagte der Mann und grinste. »Ich bin… Herr Liebe.«
»Dann ist Frau Liebe deine Frau.«
»Recht hast du!«

»Wo ist sie?«, erkundigte sich Fergal.

»Sie liegt in der Sonne. Hinten am Strand. Sie wird jede Sekunde brauner und wunnervoller. Ach, Frau Liebe … Frau Liebe …« Sein Blick verklärte sich. »Alles an ihr bringt meinen Körper zum Plingen und Rucken und Zucken. Und hier – fühl mal mein Herz.« Er drückte Fillys Hand an seine Brust. »Was macht es?«

»Wom, wom«, antwortete Filly.
»Recht hast du! Und weißt du, warum Frau Liebe auf dieser Erde ist?«
»Um dich zu lieben?«, riet Filly.
»Recht hast du! Und weißt du, was ich ihr gebe?«
»Den Rest deines Lebens?«
»Recht hast du! Und weißt du, was ich immer bleibe, wenn ich mit ihr zusammen bin?«
»Ein Springinsfeld?«
Herr Liebe lächelte und nickte. »Ach, Liebe ist etwas Wunnervolles. Man fühlt sich, als kriegte man über den ganzen Körper ein sprutzelndes Getränk gegossen und als hätte man Sprungfedern in den Fußsohlen.« Und er zitterte von oben bis unten und genoss offenbar, wie alles sprutzelte und sprang. Dann schlug er sich plötzlich auf die Oberschenkel (die muskelbepackten!) und verkündete: »Jetzt lege ich ein riesiges Herz aus Muscheln im Sand aus. Und dann schreibe ich HERR LIEBE LIEBT FRAU LIEBE in die Mitte. Aber ich muss mich beeilen. Sie ist bestimmt bald mit dem Sonnenbaden fertig.«
»Wir helfen dir«, sagte Fergal. »Was, Schwesterherz?«
»Genau, Bruderherz.«
»Recht habt ihr! Wartet! Vor lauter Reden über

meine Muskeln und über das Licht meines Lebens habe ich nicht mal nach euren Namen gefragt.«

»Ich bin Fergal«, teilte Fergal ihm mit. »Und das ist meine Schwester Filly.«

Aber Herr Liebe hatte offenbar nichts als Muskeln und Liebe im Kopf. Denn er grinste dämlich und sagte: »Kommt, wir legen ein Herz, Frenny und Farley.«

16

Frau Donner rief: »Schau, was ich gefunden habe!«

Herr Donner kam angerannt und kniete sich in den Schutt neben sie. »Was denn?«, fragte er.

»Eine … eine Tube Klebstoff«, erwiderte Frau Donner. »Den Kleber, mit dem Filly immer die

Sachen zusammengeleimt hat. Ach, meine arme kleine Süße.« Frau Donners Augen füllten sich mit Tränen. »Wie habe ich sie immer genannt?«

»Ein gestrecktes Zebra!«

»Ach, erinner mich nicht daran.«

»Aber du hast gefragt.«

»Ich weiß«, seufzte Frau Donner. »Aber es bricht mir das Herz, wenn ich daran denke. Ach Filly, Filly…« Sie küsste die Klebstofftube. »Ich nenne dich nie wieder ein gestrecktes Zebra. Auch sonst nichts,

das verspreche ich hoch und heilig.« Die Tränen kullerten ihr über die Wangen.
Herr Donner wischte sie mit dem Saum seines Morgenmantels weg.
»Wo ist mein Lippenstift?«, hub Frau Donner an und langte in ihre Tasche.
»Dazu ist jetzt keine Zeit!«, ermahnte Herr Donner sie und gab ihr einen Klaps aufs Handgelenk. »Wen schert's, ob du überhaupt Lippen hast. Wir müssen weitergraben. Und damit basta. Grab weiter.«
Frau Donner nickte. »Stimmt«, sagte sie. »Graben wir weiter!«
Und das taten sie.

17

Die Muscheln hatten viele verschiedene Größen und Formen. Einige waren kegelförmig und hellrosa, andere rund und gelb, wieder andere sternförmig und blau wie der Himmel.

»Sie sind wundervoll, Schwesterherz«, bemerkte Fergal und hob eine auf. »Schau dir diese an.«

Sie war grasgrün mit gelben Sprenkeln und bei weitem die größte, die sie bisher gefunden hatten.

»Weißt du, was immer behauptet wird, Bruderherz?«, sagte Filly. »Wenn du dir eine Muschel ans Ohr hältst, kannst du das Meer hören.«

»Aber ich kann das Meer doch jetzt schon hören«, widersprach Fergal und zeigte zum Ozean.

»Dann hörst du ein anderes Meer. Los, versuch's, Bruderherz.«

Fergal lauschte aufmerksam und runzelte dann

die Stirn. Langsam nahm er die Muschel vom Ohr, schüttelte den Kopf, als könne er unmöglich glauben, was er da gerade vernommen hatte, und lauschte noch einmal. Die Stirnfalten wurden tiefer.

»Und ob ich was höre, Schwesterherz!«, sagte er schließlich. »Aber das Meer ist es nicht!«

Filly nahm die Muschel und hielt sie sich ans Ohr.

»Menno, Bruderherz!« Sie ließ die Muschel fallen. »Du hast recht. Es ist nicht das Meer. Es ist ein Geräusch, als ob ein Kran eine Kugel durch die Luft schwenkt und … und –«

»Häuser abgerissen würden«, sagte Fergal.

Entsetzt starrten sie einander an.

»Beeilt euch, ihr beiden!«, rief Herr Liebe. Er saß auf einem Felsbrocken in der Nähe. »Keine Zeit zum Trödeln. Wir müssen ein Herz machen.«

»Alles klärchen!«, rief Filly, immer noch ein wenig erschüttert.

Und sie begannen wieder Muscheln zu sammeln und versuchten mit aller Kraft, das Geräusch aus der einen Muschel zu vergessen.

In der heißen Sonne war die Arbeit reichlich anstrengend und sogar noch anstrengender, weil Herr Liebe überhaupt nicht half. Er hockte auf dem Felsbrocken und säuselte in einem fort: »Frau Liebe … Frau Liebe …« Gelegentlich warf er ihnen einen Blick zu und beglückwünschte sie zu ihren Bemühungen, aber selbst auch mal in die Hände zu spucken und anzupacken … o nein! Er doch nicht!

»Direkt neben deinem Fuß liegt eine Muschel, Herr Liebe«, sagte Filly zu ihm. »Kannst du die mal herbringen? Wenn die passt, kriegen wir das Herz fertig.«

»Frau Liebe … Frau Liebe …«, seufzte er immer weiter und hatte offenbar nichts gehört.

Mit einem ungeduldigen Seufzer ihrerseits holte Filly sich die Muschel selbst und knallte sie dahin, wo sie hinsollte. »So!«, rief sie. »Herz fertig!«

Kaum hatte Herr Liebe das gehört, sprang er auf die Füße. »Wunnervoll!«, schrie er. Und dann schrieb er mit dem Finger HERR LIEBE LIEBT FRAU LIEBE in die Mitte und trat zurück, um es zu bewundern. »Da wird sich Frau Liebe aber freuen«, meinte er. »Ich bin so froh, dass ich ihr –«

»*Du?*« Filly rang nach Luft. »Du hast doch bloß auf dem Felsen gesessen –«

»HERR LIEBE!«, rief eine Stimme.

Die Stimme einer Frau!

»FRAU LIEBE!«, gurrte Herr Liebe und strahlte

übers ganze Gesicht, als habe man gerade eine Glühbirne in seinem Inneren angeknipst.

Und da war sie! Da kam Frau Liebe über den Sand auf Herrn Liebe zugerannt, als renne sie um ihr Leben.

»Sie trägt Bermudashorts, Schwesterherz«, bemerkte Fergal.

»Und ein Hawaiihemd, Bruderherz«, bemerkte Filly.

Frau Liebe kam näher…

»Badelatschen, Schwesterherz.«

»Sonnenbrille, Bruderherz.«

»Sie ist braun gebrannt, Schwesterherz.«

»Und hat lange Locken, Bruderherz.«

»Und eine schlanke Taille, Schwesterherz.« Fergal holte tief Luft. »Da kann ich ja auch gleich sagen«, meinte er, »dass sie genauso aussieht wie Mum, als sie jung war.«

Plötzlich stolperte Frau Liebe. Einer ihrer Latschen ging ab und sie taumelte direkt in die erwartungsvoll ausgestreckten Arme von Herrn Liebe.

»Mein kosmisches Stück sonnengebräunter Schweinebratenkruste!«, rief Herr Liebe. »Hast du dich verletzt?«

»Ich bin über den heißen Sand gelaufen, mein

galaktischer Muskelturm«, erwiderte sie und umklammerte ihren Fuß. »Schau mal! Da! Ich habe eine Blase am kleinen Zeh – UACH!«

»Das ist nicht im Geringsten ›uach‹, meine schimmernde Morgenblüte.« Und Herr Liebe bückte sich, nahm ihren Fuß in die Hände und begann, auf ihren verbrannten Zeh zu blasen. »Davon geht der Schmerz weg, mein Liebling.«

»Ooooooo!« Sie geriet ins Flattern, als sein Atem ihre Haut berührte. »Oooooo – wie ich dich vermisst habe, mein Hengst mit dem feurigen Atem.«

»Es waren doch nur dreißig Minuten, meine Gazelle mit der Blase am Zeh.«

»Aber dreißig Minuten sind dreißig Stunden, wenn ich nicht mit dir zusammen bin, mein brutzelndes Filet von würzigem Muskelprotz.«

»Und dreißig Stunden sind dreißig Tage ohne dich, meine universelle Einmaligkeit.«

»Und dreißig Tage sind dreißig Jahre ohne dich, mein kampfesmutiger Recke!«

»Dreißig Jahre sind dreißig Jahrzehnte!«

»Dreißig Jahrzehnte sind dreißig Jahrtausende!«

»Dreißig Jahrtausende sind dreißig Jahrmillionen!«

»Dreißig Jahrmillionen sind dreißig Jahrmilliarden!«

»Dreißig Jahrmilliarden sind dreißig Jahrbillionen!«
»Dreißig Jahrbillionen sind dreißig Jahrbilliarden!«
»Dreißig Jahrbilliarden sind dreißig Jahrtrillionen!«

Menno!, dachte Filly. Die machen ja eine Haupt- und Staatsaktion daraus.
»Wie geht's deinem Zeh, mein Traum mit den üppigen Lippen?«, fragte Herr Liebe und küsste ihn sacht.
»Viel besser«, kam die Antwort. »Und das nur wegen dir, mein stirnlockenbewehrter Flattermacher. Ich versteh nicht, wie du es über dich bringst, die Blase zu küssen.«
»Weil alles, was zu dir gehört, sofort wunnervoll ist, deshalb«, sagte Herr Liebe zu ihr. »Deine Zehen sind wunnervoll.« Er küsste sie der Reihe nach. »Deine Fußgelenke sind wunnervoll!« Noch mehr Küsse. »Deine Schienbeine sind wunnervoll.« Küsse, Küsse. »Deine Knie sind –«
»Also, jetzt zeig ihr schon das Herz«, fauchte Filly ihn ungeduldig an. Sie hatte mehr als genug von dem albernen Küssen, vielen herzlichen Dank.
Da bemerkte Frau Liebe Filly und Fergal zum

ersten Mal. »Wo kommt ihr denn so plötzlich her?«, fragte sie.
»Wir sind schon die ganze Zeit hier«, teilte Filly ihr kurz und bündig mit. »Du warst nur zu beschäftigt … mit anderen Dingen.«
»Meine unsterbliche Geliebte«, begann Herr Liebe, »darf ich dir vorstellen. Das ist … äh … Fuini und … äh …«
»Ich bin Filly«, unterbrach Filly ihn barsch. »Und das ist mein Bruder Fergal. Und dort drüben ist das Muschelherz, das –«

»Ein Herz!«, rief Frau Liebe und rannte hin. »Das ist das Heeerrlichste, was ich je gesehen habe. O meine Liebe, meine Liebe, meine Liebe.« Sie rannte wieder zu Herrn Liebe und – ihr habt es schon erraten! – sie fingen wieder an sich zu küssen. Die Küsse wurden immer schlabbriger.
Jetzt geht's wieder los, dachte Filly.
»Hast du das nur für mich gemacht, du sonnengebräunter jugendlicher Held?« Schlabber-küssschlabber. »Was für eine Arbeit!« Küss-schlabberküss. »Du musst dir diese riesigen mannhaften

Hände ja bis auf die Knochen abgearbeitet haben.« Filly wollte gerade einwerfen, dass es nicht seine riesigen mannhaften Hände gewesen seien, sondern ihre winzigen Kinderhände, doch sie bekam keine Gelegenheit mehr dazu –

»Eine Bootsfahrt!«, platzte Frau Liebe heraus.

»W-Was bitte schön, meine Liebe?«, fragte Herr Liebe immer noch mitten im bisher schlabbrigsten Kuss.

»Ich habe Lust auf eine Bootsfahrt«, erklärte Frau Liebe. »Bitte hol das Ruderboot für mich, meine Killerhai-Traummaschine.«

»Für dich tu ich doch alles, mein Leckerbissen«, versicherte er ihr und wischte sich Nachküssschlabber von Kinn und Hals. »Aber warum kommst du nicht mit, um es zu holen? Ohne dich bin ich so einsam.«

»Nein, ich bleibe hier und unterhalte mich mit… wie heißt ihr noch gleich?«

»Filly und Fergal«, sagte Filly mit fester Stimme.

Frau Liebe fuhr Herrn Liebe mit den Händen durchs Haar. »Aber komm bald wieder, mein Kraftprotzbolzen.«

Herr Liebe rannte los, um das Ruderboot zu holen. Doch alle paar Schritte drehte er sich um, warf Frau Liebe Kusshändchen zu und rief: »Ich vermisse dich schon!« Und dann warf ihm auch Frau Liebe jedesmal eine Kusshand zu und rief: »Ich dich auch!«

Das ging so lange hin und her, bis Herr Liebe außer Sichtweite war.

Dann seufzte Frau Liebe und griff sich an die Brust. »O Herr Liebe … Herr Liebe …« Ihr Blick wurde ganz verträumt. »Alles an ihm bringt meinen Körper zum Sprutzeln und Ploppen. Und wisst ihr, wie mein Herz dann macht?«

»Bum, budi, bum?«, rieten Filly und Fergal.

»Genau. Und wisst ihr, warum Herr Liebe auf dieser Erde ist?«

»Um dich zu lieben?«, rieten sie.

»Genau. Und wisst ihr, was ich ihm gebe?«

»Den Rest deines Lebens?«

»Genau. Und wisst ihr, was ich immer bleibe, wenn ich mit ihm zusammen bin?«

»Ein Springinsfeld?«

»Genau. Und wisst ihr, was ich jetzt mache?«

Auf diese Frage mussten Filly und Fergal die Köpfe schütteln.

»Zur Überraschung lege ich ein riesengroßes

Herz aus Muscheln. Und in die Mitte schreibe ich FRAU LIEBE LIEBT HERRN LIEBE. Deshalb habe ich Herrn Liebe weggeschickt, damit er das Ruderboot besorgt. Aber ich muss schnell sein. Ihr helft mir doch?«

»Aber versprichst du auch mitzuhelfen?« fragte Filly. »Oder willst du uns die ganze Arbeit überlassen und dich auf einen Felsen setzen und die ganze Zeit ›Herr Liebe‹ säuseln?«

»Natürlich nicht«, erwiderte Frau Liebe lächelnd.

18

Herr Donner sagte: »Hier liegt ein großer Betonklotz. Der ist zu schwer für mich.«
»Ich helfe dir«, sagte Frau Donner.
Und das tat sie auch.
Und mit ihrer Hilfe hob Herr Donner den Betonklotz hoch.
»So schwer habe ich noch nie gearbeitet«, japste Herr Donner. »Schau, mir läuft der Schweiß übers Gesicht.«

»Mir auch«, japste Frau Donner. »Ich schwitze so, dass meine Kleider an mir kleben. Aber wir haben keine

Wahl. Wir müssen weitergraben – Warte. Jetzt habe *ich* einen großen Betonklotz gefunden. Der ist zu schwer für mich.«

»Warte, ich helfe dir«, sagte Herr Donner.

Und das tat er.

Und mit seiner Hilfe hob Frau Donner den Betonklotz hoch.

Und so gruben sie immer weiter – und halfen einander.

19

Aber natürlich half Frau Liebe Filly und Fergal nicht bei dem Muschelherz.

»Was für eine Lügnerin«, zischte Fergal und schaute Frau Liebe auf dem Felsbrocken böse an.

Filly und Fergal rannten hin und her, um Muscheln zu sammeln. Jetzt war es sogar noch ein bisschen schwieriger als vorher, weil sie die meisten Muscheln ja schon für das erste Herz verbraucht hatten und immer weiter laufen mussten, um neue Muscheln zu finden. Nach kurzer Zeit waren sie so außer Atem, dass sie kaum reden konnten.

»Ich… schwitze… so sehr«, japste Fergal, »…dass mein Pullover… an mir… festklebt.«

Und Filly japste: »In meine Schuhe… rinnt so viel… Schweiß…, dass ich das Gefühl habe…, ich paddele.«

»Wir sollten… mit ihnen fahren… in ihrem Ruderboot«, sagte Fergal und legte eine Muschel an ihren Platz. »Da könnten… wir uns… abkühlen.«
»Beeilt euch, ihr beide!«, trieb Frau Liebe sie an. »Keine Zeit zum Schwatzen. Wir müssen ein Herz machen.«
Fergal schaute Filly an. »Ich weiß nicht…, wie du das siehst, Schwesterherz«, sagte er, »aber ich finde… dieses ganze Liebesgedöns… ist sehr anstrengend.«
»Finde ich auch, Bruderherz – Menno! Ich glaube, langsam… gibt's keine Muscheln mehr.«

»Da hinten sind noch ein paar… bei den Palmen dort, Schwesterherz.«
Und sie gingen hin, um sie zu holen.
Als sie gerade die letzte Muschel an ihren Platz gelegt hatten, hörten sie: »FRAU LIEBE! FRAU LIEBE!«
Ein winziges Ruderboot kam auf sie zugeschippert. Herr Liebe ruderte mit mächtigen Schlägen. Frau Liebe sprang auf und winkte. Dann warf sie Filly und Fergal einen scharfen Blick zu. »Herz fertig?«, fragte sie.
»Ja«, antwortete Filly. »Aber nicht dank deiner tatkräftigen Hilfe.«
Rasch kritzelte Frau Liebe FRAU LIEBE LIEBT HERRN LIEBE hinein und rannte dann zum Meer, um Herrn Liebe zu begrüßen. Herr Liebe sprang aus dem Boot, um sie auf halbem Wege zu treffen und bis zu den Knien in den Wellen fingen sie wieder an, sich diese Schlabberküsse zu geben.
»Wenn sie nicht aufpassen, küssen sie sich noch die Lippen ab«, sagte Filly. »So viel Schmalz habe ich meiner Lebtage noch nicht gesehen. Menno – jetzt hat Herr Liebe das Herz gesehen.«
Herr Liebe plantschte durch das Wasser herbei. »Ein Herz!«, schrie er. »Das Wunnervollste, was

ich je gesehen habe. O meine Liebe, meine Liebe, meine Liebe!« Er rannte zu Frau Liebe zurück und … hm, muss ich es noch sagen?
Schlabber-küss-schlabber.
»Wie schnell du das geschafft hast, meine Meerjungfrau der weißen Gestade«, sabberte er. »Und was für schöne Sachen deine zierlichen Finger für mich machen.« Küss-schlabber-küss. »Du hättest dir noch eine Blase am Finger holen können –«
»*WIR* HABEN DAS HERZ GEMACHT!«, brüllte Filly. Das ganze Küssen und Schlabbern ging ihr nun derartig auf die Nerven, dass sie ausrastete. »DESHALB KLEBEN UNSERE PULLOVER AN UNS UND UNSERE SCHUHE SIND VOLL SCHWEISS. UND JETZT HAB ICH DIE SCHNAUZE VOLL VON EUREM SCHMALZ! IHR HABT NUR NOCH AUGEN FÜR EUCH SELBST: DAS GANZE KÜSSEN UND SCHLABBERN IST WIDERWÄRTIG. ALLE MÜTTER UND VÄTER KÜSSEN UND SCHLABBERN SICH AB, ICH WEISS, ABER ICH HABE NOCH NIE WELCHE GESEHEN, DIE SICH SO VIEL KÜSSEN UND ABSCHLABBERN WIE IHR! ICH WETTE, IHR KÜSST UND SCHLABBERT EUCH MEHR AB ALS ALLE MENSCHEN IN DER GANZEN

GESCHICHTE DES KÜSSENS UND SCHLABBERNS! JETZT ABER WILL ICH, DASS IHR AUFHÖRT, EUCH WIE EIN PAAR HIRNIS AUFZUFÜHREN, UND ZUR ABWECHSLUNG MAL ZUHÖRT, WAS *WIR* WOLLEN!« Sie atmete tief durch und beruhigte sich ein wenig. »Wir wollen eine Bootsfahrt machen, damit wir uns abkühlen und das Klebrige loswerden können. Nach der Bootsfahrt könnt ihr euch von mir aus weiter küssen und abschlabbern. Aber bis dahin widmet ihr uns ein bisschen Zeit. Hab ich recht, Bruderherz?«

Fergal hatte Filly noch nie so reden gehört. Einen Augenblick schaute er sie an. Dann schaffte er ein »Klaro, Schwesterherz«.

Auch Herr und Frau Liebe starrten sie an. Sie waren völlig von den Socken. Aber endlich fragte Herr Liebe mit bebender Stimme: »Haben … haben wir uns zu viel geküsst?«

»Viel zu viel!«, behauptete Filly. »Ihr wisst ja nicht mal mehr, wie wir heißen, weil ihr so damit beschäftigt seid, euch abzuschlabbern. Na, wisst ihr's noch? Hopp, hopp! Wie heißen wir?«

Frau Liebe überlegte.

»Äh … Foggy und Fargy?«, riet sie drauflos.

»Nein.«

Nun versuchte Herr Liebe es. »Fibby und Frelly?«

»Nein, nein, nein!«, grummelte Filly böse. »Wir heißen Filly und Fergal. Sagt es!«

»Filly und Fergal«, murmelten Herr und Frau Liebe.

»Schreibt euch das bitte hinter die Ohren! So, und jetzt … nehmt ihr uns mit auf die Bootsfahrt. Alles klar?«

»Ja, alles klar … Filly«, sagte Frau Liebe. Und füg-

te dann hinzu: »Ich… ich habe nicht gemerkt, dass wir so selbstsüchtig waren. Du, Herr Liebe?«

»Nein, Frau Liebe.«

»Und es soll nicht wieder passieren, nicht wahr, Herr Liebe?«

»Nein, Frau Liebe. So, jetzt wollen wir mal zusehen, dass ihr euch abkühlt… Filly und Fergal.«

Herr Liebe hob Filly und Fergal hoch und trug sie zum Boot. Als sie alle drinsaßen, nahm Herr

Liebe ein Ruder und Frau Liebe das andere und zusammen ruderten sie aufs Meer hinaus.
Filly und Fergal schauten über den Rand des Bootes. Das Wasser war so klar, dass sie bis auf den Grund sehen konnten.
»Wundervoll!«, hauchte Fergal und ließ seine Hand durchs Wasser gleiten.
»Herrlich!«, hauchte Filly und ließ auch ihre Hand durchs Wasser gleiten.

Neben ihnen schlug ein Delphin einen Purzelbaum.

Herr und Frau Liebe lächelten sich an.

Es herrschte eine wunderbare Stimmung.

Man brauchte keine Angst zu haben, dass sie schrien oder etwas kaputtmachten.

Man fühlte sich wie in einer Zeit, die Filly nur sehr kurz erlebt hatte und Fergal überhaupt nicht.

Man fühlte sich, als würde man geliebt und ordentlich versorgt.

Es war das sicherste und beste Gefühl in der ganzen Geschichte der sicheren und besten Gefühle.
Fergal schaute Filly an und lächelte.
Sie wusste, dass er dasselbe empfand wie sie. So ruhig und zufrieden hatte er noch nie ausgesehen.
»So sollte es immer sein, Bruderherz«, sagte Filly.
»Ich will, dass es nie aufhört, Schwesterherz.«
»Ich auch nicht, Bruderherz.«
Und vielleicht hätte es ja auch nie aufgehört.
Aber plötzlich zeigte Fergal auf etwas …
Es war auf dem Meeresboden.
Filly lugte hinunter.
Ein verschwommenes dunkles Gebilde.
»Ein Wrack«, stieß sie hervor. »Ein Schiffswrack.«
Doch dann sah sie es deutlicher …
Sie sah eine Ziegelsteinwand.
Ein Küchenfenster.
Eine Fernsehantenne.
»Es ist überhaupt kein Schiffswrack«, sagte Filly. »Es ist ein –«
»Hauswrack!«, sagte Fergal.

20

Herr und Frau Donner fanden genau gleichzeitig etwas. Herr Donner ergriff ein Ende und Frau Donner das andere.

»Was ist denn das?«, fragte Herr Donner.

»Keine Ahnung«, lautete die Antwort.

Sie zogen es aus den Trümmern.

»Es ist… es ist ein Buch«, sagte Herr Donner. Er wischte den Staub von dem Einband. »*Das Buch der Streite*«, las er vor.

»Ich glaube, das ist Fillys Schrift«, bemerkte Frau Donner.

Sie schauten sich an und runzelten die Brauen.

Dann begannen sie es umzublättern…

»Es ist… es ist über uns!«, stieß Frau Donner hervor. »Schau! Hier!« Sie las vor: »*Mum und Dad haben bei diesem Streit eine Menge Sachen zerschlagen, aber ich nenne ihn ›Der Streit, bei dem das Telefon kaputtging‹, weil das als Erstes zerschmettert wurde.*

Von nun an wird der Streit immer nach dem ersten Gegenstand benannt, der entzweigeht.«

»Der Streit kriegt einen Namen?«, rief Herr Donner entsetzt. »Sie haben unseren Streitereien Namen gegeben?« Er schlug eine neue Seite auf und las: »*Dad nannte Mum einen alten, stinkenden Blumenkohlstrunk. Soweit mir bekannt, ist das ein neues Schimpfwort. Mum brachte keine neuen Schimpfworte an, schmierte sich aber danach so viel Lippenstift ins Gesicht, dass es aussah wie eine Verkehrsampel.*«

Frau Donner blätterte weiter. »*Datum: Montag, der 13. Dezember … Zeitdauer bis zum ersten Streit: drei Minuten.* Oh, das kann doch nicht wahr sein. Auf keinen Fall. Wir müssen doch länger als drei Minuten wach gewesen sein, bevor wir angefangen haben uns zu streiten.« Sie war zu schockiert, um weiterlesen zu können.

Das besorgte Herr Donner für sie. »*Dauer des ersten Streits: vier Stunden und dreißig Minuten und zehn Sekunden … Ding bzw. Dinge, die kaputtgingen: der Trockner … Name des Streits: Der Streit, bei dem der Trockner zu Bruch ging. Grund des Streits: Dads Stinkefüße –*«

»O nein!« rief Frau Donner dazwischen. »Darüber würden wir uns doch nicht streiten. Wie kämen wir denn dazu?«

»Es muss aber so gewesen sein. Hier steht alles schwarz auf weiß.«
Frau Donner packte Herrn Donner am Arm. »Das bedeutet, dass... sie alles gehört haben!«, rief sie. »Jede einzelne Schreierei.«
»Jedes einzelne Schimpfwort.« Herr Donner packte Frau Donner am Arm.
»Jedes Ding, das kaputtging.«
»Jede Tür, die zuknallte.«
Frau Donner war total entsetzt. »Ich... ich schäme mich so«, sagte sie mit brechender Stimme. »Was sind wir für schreckliche Eltern.«
»Und was für Nichtigkeiten es waren«, meinte Herr Donner und seine Stimme brach auch. »Was spielt es schon für eine Rolle, wenn meine Füße stinken? Dann wasche ich sie eben. Da muss man doch nicht gleich das ganze Haus zusammenbrüllen.«
Frau Donner seufzte. »Wir waren so... dumm. Wir hatten ein Haus. Und Kinder. Zwei prächtige Kinder. Und nun...« Sie betrachtete den Trümmerhaufen um sich herum. »Wir sind beide Dämlacke gewesen«, erklärte sie und packte Herrn Donner noch fester.
»Wir sind beide Trinen gewesen«, pflichtete Herr Donner ihr bei und packte sie genauso fest.

Sie hielten sich immer fester und enger und enger und fester, bis daraus eine Umarmung wurde.
»Nie wieder Streit!«, gelobte Frau Donner.
»Nie wieder Streit!«, gelobte Herr Donner.
Ein paar Sekunden lang hielten sie einander umschlungen.
Dann riefen sie – wie aus einem Munde: »Grab, mein Liebes!«
Und sie gruben wilder denn je zuvor.

21

»Autsch!«, jaulte Fergal.
»Was ist, Bruderherz?«
»Ein Fisch hat mich in den Finger gebissen.«
Sie hatten sich über den Bootsrand gebeugt, die Hände immer noch durchs Wasser gleiten lassen und das Hauswrack auf dem Grund betrachtet. Sogar ein Schlafzimmerfenster und die Haustür erkannt. Und Filly wollte gerade auf die Hintertür zeigen, als Fergal den Schrei ausstieß.
»Lass sehen, Fergal«, sagte Frau Liebe und ergriff seine Hand. Sie schaute sie sorgfältig an. »Das ist kein Biss«, sagte sie. »Es ist ein Stich. Siehst du das?« Sie zeigte auf den winzigen Stachel, der in seiner Fingerkuppe stak. »Du bist leider von einem Streitfisch gepiekst worden.«
»Einem Streitfisch!«, rief Fergal.
»Von denen gibt's eine Menge im Meer. Leuch-

tend rote Burschen voller Stacheln. Wie der in deinem Finger. Komm, ich zieh ihn heraus.«

Fergal schaute ein wenig misstrauisch drein und zog die Hand weg. »Tut es weh?«, fragte er ängstlich.

»Überhaupt nicht«, versicherte ihm Frau Liebe. »Das stimmt doch, was, Herr Liebe?«

»Recht hast du, Frau Liebe.«

Frau Liebe nahm Fergals Hand wieder und untersuchte sie genauer.

Herr Liebe legte den Arm um Fergals Schultern und drückte ihn sanft. »Schau mal da drüben«, sagte er und deutete aufs Meer. »Siehst du die vielen Delphine?«

Fergal schaute angestrengt in die blendende Ferne. »Ja«, antwortete er und musste bei ihrem Anblick lächeln.

»Wie viele sind dort?«

»Eins… zwei… drei… vier… autsch!«

»Hier!«, grinste Frau Liebe und hielt den Stachel in die Höhe. »Er ist draußen. Und du hast nichts gespürt, oder?«

Aber Fergal antwortete

nicht. Er starrte Herrn und Frau Liebe nur böse an. Irgendwas stimmte nicht mit ihm. Sein Gesicht wurde rot. Sein Blick wutentbrannt. Und er fing an zu knurren.

»Tut es weh?«, fragte Frau Liebe. »Soll ich blasen?«

»Nein!«, fauchte Fergal ärgerlich. »Ich will deinen Pupsatem nicht überall auf mir!«

»Bruderherz!« Filly war schockiert. »Was ist denn los?«

Fergal schaute weiter so böse und knurrte und wurde noch roter.

Frau Liebe seufzte. »Ich fürchte, es liegt an dem Stachel, Filly«, sagte sie. »Da ist ein Gift drin, von dem man … hm, anfängt zu streiten.«

»Aber … was machen wir denn jetzt?«

»Ich weiß es nicht. Denn bisher sind weder Herr Liebe noch ich gestochen worden.«

»Aber gibt es denn kein Gegenmittel?«

»Ich glaube, es ist unheilbar.«

»Unheilbar!«, stieß Filly hervor. »Aber … wie lange dauert es?«

»Das weiß ich auch nicht«, erwiderte Frau Liebe. »Vielleicht dauert es ein paar Minuten … ein paar Stunden … oder immer.«

»Immer?«, schrie Filly.

Herr Liebe schnappte sich die Ruder und fing an zu rudern. »Wir müssen zurück zum Ufer«, sagte er. »Fergal schaukelt das Boot zu sehr hin und her.«

Und wahrhaftig, genau das tat Fergal. Er stampfte mit den Füßen auf und brummte leise in sich hinein.

»Hör auf mit dem Mumpitz, Bruderherz!«, bat Filly ihn inständig.

»Untersteh dich, das Wort ›Mumpitz‹ in den

Mund zu nehmen!«, ranzte Fergal sie an. »Du gestrecktes Zebra.«
Filly schnappte nach Luft.
»Und sag auch nicht ›hopp, hopp‹ zu mir!«, fuhr Fergal fort, »oder ›husch, husch‹ oder ›dalli, dalli‹ oder sonst einen von deinen albernen Sprüchen!«
»Bruderherz!«, stieß Filly hervor. »Sag doch bitte nicht solche Gemeinheiten –«
»Halt den Mund!«, schrie Fergal und stampfte so fest mit dem Fuß auf, dass Filly dachte, er krachte direkt durch den Boden des Bootes. »Sprich nie wieder mit mir. Ich hab die Schnauze voll von deinem ewigen Gezirpe! Immer gut gelaunt. Immer nur die Sonnenseite des Lebens sehen –«
»Aber, Bru-«
»Halt den Mund… du Weichei! Das bist du nämlich, ein Weichei! Und weißt du, wovon ich auch noch die Schnauze voll hab? Deinem ewigen ›Zeit für die Stoppuhr, Bruderherz‹ und ›Zeit für das Buch, Bruderherz‹ und ›Zeit für den Kleber, Bruderherz‹. Die ganze Zeit kommandierst du mich herum.«
»Dich herumkommandieren?« Jetzt stiegen Filly die Tränen in die Augen. »Aber, Bruder, das hab ich doch nur gemacht, weil –«
»Hör dich doch nur selbst an! Du kannst ja nicht

aufhören zu reden. Du quatschst und quatschst wie eine kaputte Schallplatte.«

Filly konnte nicht glauben, dass Fergal so mit ihr sprach.

Dafür hält er mich also, dachte sie. Nach all dem, was ich für ihn getan habe, damit sein Leben nicht so schlimm wird. Er meint, ich wäre eine … eine kaputte Schallplatte?

Frau Liebe legte den Arm um Filly. »Hör nicht auf ihn, Filly«, sagte sie. »Es ist der Stachel, der da redet. Nicht er selbst –«

»Aber er ist es doch«, schluchzte Filly. »Es ist mein kleiner Bruder und… er hält mich für…« Vor lauter Weinen konnte sie nicht weitersprechen.
»Ha, du alte Heulsuse«, höhnte Fergal. »Huh-huh-huh! Das ist alles, was du kannst, du Weichei!«
»Wir sind da«, sagte Herr Liebe, als das Boot das Ufer erreichte.

»Ich verlasse dich!«, kreischte Fergal Filly an. »Ich will nicht mehr dein Bruderherz sein und ich will keine rumkommandierende kaputte Schallplatte, die sich Schwesterherz schimpft. Je eher du mir aus den Augen bist, desto besser. Auf Nimmerwiedersehen!«

Und mit diesen Worten sprang er aus dem Boot, marschierte über den Sand und verschwand, immer und immer wieder »Weichei!« brummend, zwischen den Palmen.

Weinend sah Filly ihm nach.

Herr und Frau Liebe nahmen sie in den Arm.

»Mach dir nichts draus«, sagte Herr Liebe.

»Es gibt sich wahrscheinlich bald«, sagte Frau Liebe. »Wahrscheinlich kommt Fergal bald zurück und sagt, dass es ihm leid tut, und wahrscheinlich wird alles wieder ganz normal.«

»Zu viele ›Wahrscheinlichs‹!«, rief Filly zwischen den Schluchzern. »Wahrscheinlich dies.« Schluchz. »Wahrscheinlich das.« Schluchz. »Aber mit ›wahrscheinlich‹ ist es nicht getan.« Schluchz. »Ich will mein Bruderherz ganz bestimmt zurück.« Schluchz. »Nicht wahrscheinlich.«

Frau Liebe wischte Filly das Gesicht mit einem Zipfel ihres Hawaiihemdes ab. »Ich wünschte, wir könnten etwas tun«, sagte sie. »Wirklich.«

Herr Liebe nickte zustimmend.

Allmählich beruhigte Filly sich.

Und ein entschlossener Ausdruck erschien auf ihrem Gesicht.

»Alles klaro«, murmelte sie. »Ich weiß, was ich zu tun habe.«

»Was?«, fragte Frau Liebe.

»Ich gehe hinter ihm her.«

»Willst du, dass wir mitkommen?«

»Nein«, entgegnete Filly. »Warum aalt ihr beiden euch nicht noch ein bisschen in der Sonne? Sie geht bald unter, da habt ihr nicht mehr viel Zeit. Außerdem, was ich zu tun habe, muss ich allein tun.«

22

»Da!«, schrie Herr Donner.

»Was?«

»Die Kellertür! Hinter dem großen Balken. Siehst du sie?«

»Ja.« Frau Donner kam angerannt. »Meine Süßen!«, brüllte sie. »Meine Süßen! Hört ihr mich?«

»Meine Wonneproppen! Meine Wonneproppen!«, brüllte Herr Donner. »Hört ihr mich?«

Schweigen. Sie warteten lange auf Antwort.

Aber es kam keine.

»Glaubst du … glaubst du, es ist ihnen was passiert?«, fragte Frau Donner mit zitternder Stimme.

»Natürlich nicht!«, beschwichtigte Herr Donner sie. »Jetzt hilf mir. Wir müssen den Balken aus dem Weg räumen.«

Sie begannen beide zu schieben.
Aber der Balken war sehr schwer und bewegte sich keinen Millimeter von der Stelle.
»Was machen wir jetzt?«, wimmerte Frau Donner.
»Wir versuchen es weiter«, sagte Herr Donner mit fester Stimme. »Wir zählen bis drei und dann schieben wir gemeinsam. Wir schieben mit aller Kraft. Fertig?«

»Fertig.«

»Eins … zwei … drei … schieb!«

Der Balken rührte sich nicht vom Fleck.

»Noch mal«, sagte Herr Donner. »Eins … zwei … drei … schieb!«

Nichts.

»Eins … zwei … drei … schieb!«

Nichts.

»Eins … zwei … drei … schieb!«

Und … er … bewegte … sich.

Nur ganz wenig …, aber trotzdem ein kleines Stück.

»Wir schaffen es«, rief Frau Donner.

»*Gemeinsam* schaffen wir es«, sagte Herr Donner. »Hör bloß nicht auf. Eins … zwei … drei … schieb! Noch mal. Eins … zwei … drei … schieb!«

Und sie schoben immer weiter.

Gemeinsam!

23

Filly schaute sich um. Ringsum war Dschungel.

Sie hatte Herrn und Frau Liebe verlassen, die sich nun am Strand in der Sonne aalten, und war durch die Palmen und das Gebüsch gelaufen und hatte immer »Bruderherz!« gerufen, ohne groß nachzudenken.

Jetzt begann sie allerdings nachzudenken.

Des Langen und Breiten.

Die Sonne ging unter und die Schatten wurden schwärzer und länger. Die Palmen, die im hellen Tageslicht so exotisch und einladend ausgesehen hatten, wirkten jetzt auf einmal bedrohlich.

»Bruderherz!«, rief Filly wieder (aber nicht mehr so mutig wie vorher).

Beim Klang ihrer Stimme stoben ein paar Vögel von den Bäumen in der Nähe auf.

Filly erschrak.

Jetzt aber Kopf hoch, dachte Filly. Das sind doch nur ein paar harmlose Vögel. Und… was macht's, dass die Sonne untergeht? Schau dir nur den Himmel an. Was für wunderschöne Farben. Rot, gelb, orange, scharlachrot und malvenfarben. Wie ein Gemälde. Es gibt gar keinen Grund, nervös zu werden. Keinen einzigen.

»Bruderherz!«

Wieder flatterten Vögel auf.

Filly dachte, ich muss mir den Weg merken. Es wird mit jedem Augenblick dunkler und ich will mich nicht im Dschungel verirren, vielen herzlichen Dank.

So, wo bin ich hergekommen?

Sie schaute hinter sich.

Im Prinzip durch die beiden Bäume, dachte sie. Und die kann ich ja nachher nicht verpassen. Es sind wahrscheinlich die höchsten Palmen in der ganzen Geschichte hoher Palmen… Dann muss ich über den schmalen Bach springen und dann

ist es nur ein kleines Stück zum Strand. Ich hoffe bloß, Bruderherz ist noch nicht so weit weggelaufen.

»Bruderherz! Bruderherz!«

Filly wanderte ein bisschen weiter.

Die Palmenwedel raschelten in der sanften Brise.

Sie begann gerade, sich ein wenig sicherer zu fühlen, da kam sie auf eine Lichtung und sah etwas.

Etwas, bei dessen Anblick sie stocksteif stehen blieb.
Etwas, bei dessen Anblick sie Mund und Augen sperrangelweit aufsperrte.
»Ein Vulkan!«, stieß Filly aus.
Wahrhaftig, ein Vulkan!
Er erhob sich hoch über den Palmen. Eine riesige, drohende Silhouette vor der untergehenden Sonne. Aus dem klaffenden Gipfel stieg Rauch.
Das hat mir gerade noch gefehlt, dachte Filly. Jetzt habe ich nicht nur meinen Bruder verloren und es wird nicht nur mit jedem Moment dunkler, sondern jetzt muss ich mich auch noch mit einem Vulkan abgeben. Mir wird ja von Minute zu Minute mulmiger.
Sie ging noch ein Stückchen weiter.
»Bruderherz!«, rief sie ängstlich.
Vögel flatterten auf.
»Bruderherz!«
Vögel.
»Bruderherz!«
Plötzlich hörte sie seine Stimme. »Weichei!«, grummelte er. »Weichei! Weichei!«
Sie rannte in die Richtung und…
Da war er.
Er marschierte immer rundherum um eine Pal-

me. »Weichei!«, sagte er. »Weichei!« Er war immer noch sehr rot im Gesicht, seine Augen quollen dick hervor und seine Lippen verzogen sich knurrend. »Ihr ewiges ›Husch, husch‹!«, fuhr er fort. »In diesem albernen zirpenden Tonfall – UACH! Und immer das ›Hopp, hopp‹ – UACH! UACH! Außerdem ihr ewiges ›Dalli, dalli‹ und ihr ›Mumpitz‹ und ›Menno‹ – UACH! UACH! UACH!«

Der steigert sich ja in einen fürchterlichen Zustand hinein, dachte Filly. Ich hoffe nur, mein Plan funktioniert. Sollte er eigentlich. Zu Hause haben sich Mum und Dad jedenfalls immer beruhigt, wenn ich »Flitterwochen« gesagt habe. Da wir ja nun im Flitterwochenparadies sind, sollte »zu Hause« dieselbe Wirkung haben. Also, los geht's –

»Zu Hause«, sagte Filly und ging einen Schritt nach vorn.

Fergal hörte auf, um den Baum herumzumarschieren, und schaute seine Schwester an.

Menno, dachte Filly. Ich glaube, es funktioniert.

»Zu Hause«, sagte sie noch einmal und ging noch einen Schritt vorwärts.

»W-was ist damit?«, fragte Fergal.

»Erzähl mir davon«, sagte Filly zu ihm. »Wie ist es?«

»Es… ist ein Haus«, erwiderte er und wischte sich die Spucke von den Lippen.

»Was für ein Haus?«

»Es hat… eine Küche… und einen Flur… und Schlafzimmer.«

»Wie viele Schlafzimmer?«

»Zwei.«

Langsam wich die Röte aus Fergals Gesicht, seine

Augen verloren den zornigen Ausdruck und seine Lippen verzerrten sich nicht mehr vor lauter Knurren.

Filly ging noch einen Schritt weiter auf ihn zu. »Schläfst du in einem der Schlafzimmer?«, fragte sie.

»Klaro«, antwortete Fergal. »Ich schlafe in dem unteren Stockbett. Es ist sehr gemütlich. Ich habe eine Decke. Da sind ein paar Löcher drin. Manchmal geht mein Fuß durch ein Loch. Aber das stört mich nicht.«

»Wenn du in dem unteren Bett schläfst, wer schläft dann in dem oberen?«

»Mein Schwesterherz. Sie kümmert sich um mich. Sie tut ihr Bestes, um mich aufzuheitern. Wenn ich einen Alptraum habe, sagt sie: ›Kopf hoch, Bruderherz! Was sind deine Alpträume für ein Mumpitz!‹« Plötzlich erschien ein Ausdruck des Erkennens auf Fergals Gesicht. Er starrte Filly an. »Oh… was ist mit mir passiert, Schwesterherz?«, fragte er. »Ich habe so gemeine Sachen zu dir gesagt. Es tut mir leid, Schwesterherz, wirklich!« Er umarmte sie fest.

»Schwamm drüber, Bruderherz«, versicherte sie ihm. »Das ist jetzt vergeben und vergessen.«

»Ich habe kein Wort davon gemeint.«

»Das weiß ich, Bruderherz. Das kam von dem Stachel. Jetzt reg dich nicht auf. Kopf hoch – oh, ich kann ja wohl trotzdem noch ›Kopf hoch!‹ sagen?« Filly lächelte.

»Klaro, Schwesterherz.«

»Und ›husch, husch‹, Bruderherz?«

»Klaro, Schwesterherz.«

»Und ›hopp, hopp‹ und ›Mumpitz‹, Bruderherz?«

»Sag's, so viel du willst, Schwesterherz.«

»Kopf hoch, Kopf hoch, Kopf hoch!«, rief Filly und kicherte. »Husch, husch, husch, husch, husch, husch! Hopp, hopp, hopp, hopp, hopp, hopp! Mumpitz, Mumpitz, Mumpitz!« Jetzt lachte sie ganz laut. »Du hast vielleicht witzig ausgesehen, als du Streit anfangen wolltest, Bruderherz«, sagte sie.

»Wirklich, Schwesterherz?«

»Aber ja. Deine Augen wurden so groß, dass ich dachte, sie würden dir aus dem Kopf springen. Und du bist knallrot geworden und deine Lippen waren … total komisch.«

Fergal lachte. »Zeig mir mal, wie, Schwesterherz.«

Filly riss die Augen weit auf. »So«, sagte sie. »Und deine Lippen …« Sie zog sich die Lippen zurück und bleckte die Zähne. »Und dein Ge-

sicht…« Sie hielt die Luft an, bis sie knallrot im Gesicht war.

Fergal lachte so sehr, dass er hinfiel.

»Und…«, fuhr Filly fort und fiel auch hin und lachte mindestens so sehr wie er, »du hast mich… alte, kaputte Schallplatte genannt.«

Sie lachten, bis sie zu erschöpft waren, um noch weiterzulachen.

Die Nacht war hereingebrochen und am Himmel funkelten Sterne.

Filly und Fergal lagen auf dem Rücken und schauten verträumt nach oben.

»So viele Sterne, Schwesterherz«, sagte Fergal leise. »Es müssen Hunderte sein.«
»Tausende, Bruderherz.«
»Millionen, Schwesterherz.«
»Milliarden, Bruderherz!«
»Billionen, Schwesterherz!«
»Billiarden, Bruderherz!«
»Ach, zu viele zum Zählen, Schwesterherz«, sagte Fergal. »Und dort – schau, Schwesterherz.«
Eine Sternschnuppe schnurrte quer über den Himmel. Und … ja, sie sah aus wie der größte Feuerwerkskörper in der ganzen Geschichte des Feuerwerks.
»Wunderbar!«

»Herrlich!«
Und dann erblickten sie noch etwas.
Zuerst dachten sie, es sei vielleicht der Mond, aber der Mond ist leuchtend weiß und das hier… das war blau. Und es war voll wirbeliger Linien. Wie ein blauer Daumenabdruck am Firmament.
»Das ist die Welt, Schwesterherz«, rief Fergal.
»Das Herrlichste in der ganzen Geschichte der Herrlichkeiten«, sagte Filly.
»Und das Wundervollste«, sagte Fergal. Er atmete tief ein. »Schwesterherz… als wir über unser Zuhause gesprochen haben, ist mir klar geworden…« Seine Stimme verlor sich.
»Ja, Bruderherz?«, ermutigte Filly ihn.
»Ich vermisse Mum und Dad, Schwesterherz«, sagte Fergal. »Herr und Frau Liebe sind ja nett… aber, hm, sie sind nicht…«
»…Mum und Dad.«

Fergal nickte. »Du sagst es, Schwesterherz«, meinte er. »Ich vermisse unser Zuhause. Ich vermisse alles. Na gut, die Streitereien nicht. Aber wenn wir Mum und Dad einfach mal erzählen, wie wenig wir die mögen – so wie du eben Herrn und Frau Liebe gesagt hast, sie sollten mit dem ewigen schlabbrigen Küssen aufhören – dann… hm, nehmen Mum und Dad vielleicht auch Vernunft an.«

Filly nickte.

»Also…« Fergal stand auf. »Zeit, zurückzugehen, Schwesterherz?«

Filly stand auch auf und lächelte. »Zeit, zurückzugehen, Bruderherz!«

Und dann sagten beide wie aus einem Munde: »Ich will nach Hause.«

Und da explodierte der Vulkan!

24

Herr und Frau Donner waren immer noch dabei, den Balken von der Kellertür wegzuschieben. Plötzlich verlor Frau Donner den Halt und fiel hin.
Im Fallen griff sie nach Herrn Donner und zog ihn auch zu Boden.

Mit einem schweren Plumps landeten sie.

»Ist dir was passiert, mein Liebes?«, fragte Herr Donner.

»Nein«, antwortete Frau Donner. »Und dir, mein Liebes?«

»Auch nichts.«

»Dann wollen wir uns um uns keine Sorgen machen. Wir müssen unsere Süßen finden. Eins… zwei… drei… schieb!«

25

»Lauf, Bruderherz!«, schrie Filly.

Der Vulkan spuckte in alle Richtungen Lava aus. Etwas spritzte direkt nach oben – und färbte den Himmel rot –, aber das meiste …

Das meiste floss den Abhang des Vulkans hinunter wie eine Feuerwand.

»Ich hab den Weg zurück vergessen, Schwesterherz.« Fergal rannte, so schnell er konnte, um mit seiner Schwester mitzuhalten. »Ich … Ich war so wütend, dass ich überhaupt nicht geguckt habe, wo ich … hergegangen bin.«

»Nur keine Panik, Bruderherz! Ich weiß ihn noch … Wo zwei sehr hohe Palmen stehen … Da müssen wir durch … Dann geht es … über einen schmalen Bach … und dann ist es nur noch ein kleines Stück zum Strand.«

Fergal stolperte und fiel.

WRRRHHHMMMM!

»Bruderherz!«, rief Filly. Sie kniete sich neben ihn. »Hast du dich verletzt?«
»Ach was, Schwesterherz«, antwortete er, völlig außer Atem. »Es ist nur… es ist schwer, mit dir Schritt zu halten… deine Beine sind länger als meine.«
Plötzlich bebte die Erde. Der Vulkan spie noch mehr Lava aus. Davon schoss etwas so hoch, dass es die Sterne zu berühren schien. Brennende Felsbrocken flogen durch die Luft.
»Komm auf meinen Rücken, Bruderherz!«, schrie Filly gellend.
»Aber Schwesterherz, ich bin zu schwer –«
»Dalli-dalli-husch, Bruderherz!«, fuhr Filly ihn an. »Die ganze Insel explodiert. Hopp-husch!«
Fergal kletterte auf ihren Rücken.
»Halt dich fest, Bruderherz!«, befahl Filly ihm. Und rannte. Die Hitze war so stark, dass Filly spürte, wie ihre Haut prickelte.
Ein Felsbrocken zischte vorbei.
Und traf einen Baum.
Mit einem »wuuuschenden« Geräusch stand der Baum sofort in Flammen.
Filly dachte, wo sind bloß die beiden hohen Palmen? Die waren doch so groß, die kann ich doch nicht verpassen…

»Sind wir auf dem richtigen Weg, Schwesterherz?«
»Weiß ich nicht genau, Bruderherz… Von den Bäumen kommt mir keiner bekannt vor.«
Wuuusch!
Wieder fing ein Baum Feuer.
Wuuusch! Wuuusch!

Noch zwei.
Der Boden wackelte wieder und noch mehr Lava ergoss sich aus dem Vulkan.
Filly schaute hinter sich.
Was sie da sah, ließ sie laut aufschreien!
Die Lavawand war so hoch wie ein Haus. Und wälzte sich erbarmungslos vorwärts. Knickte Palmen um, als wären es Streichhölzer. Und was noch schlimmer war –
»Die Lava kommt direkt auf uns zu«, stieß Filly aus und ihre Augen glühten im Feuerschein. »Halt dich richtig fest, Bruderherz!«
Sie rannte, so schnell sie ihre Beine trugen.
Wo sind die beiden hohen Palmen?, dachte sie. Ach, dalli-husch-dalli-husch!
Jetzt war auch noch links von ihnen Lava.
Sie bewegten sich nach rechts.
Wuuusch!
Ein Baum fing Feuer.
Filly schaute hinter sich.
Die Lava kam immer näher.
Wrrrhhhmmm!, ertönte es.
Die Luft wurde von der Hitze so stickig, dass man nur noch schwer atmen konnte.
Fergal hustete.
Und dann …

Sah Filly die beiden Palmen!
Sie brannten schon… aber – ja! –, es war genau so viel Platz, dass sie und Fergal durchpassten.
»Augen zu, Bruderherz!«
Filly rannte auf den Spalt zwischen den Bäumen zu, schloss selbst die Augen und rannte –
Die Flammen leckten an ihrer Haut.
Das Feuer prasselte ihr in den Ohren!
Auf den Lippen schmeckte sie den Rauch.
Aber sie schafften es sicher hindurch.
»Bravo, Schwesterherz!«
»Jetzt müssen wir nur immer geradeaus laufen,

Bruderherz. Nicht, dass wir groß die Wahl hätten.«

Und sie hatte Recht.

Links von ihnen war Lava.

Und jetzt war auch rechts von ihnen Lava.

Und hinter ihnen wälzte sich die Lavawand immer näher.

Wrrrrhhhhmmmm!

Filly rannte vorwärts. »Da vorn ist ein schmaler Bach, Bruderherz. Da müssen wir drüberspringen und dann ist es nur noch ein kleines Stück bis zum Strand.«

Aber auf einmal blieb Filly stehen.
Sie starrte vor sich.
»Menno!«
Und da – zum ersten Mal in seinem Leben – sagte Fergal auch: »Menno!«
Denn was vor einer kleinen Weile noch ein schmaler Bach gewesen war, war nun … ein brennender Lavastrom!
Und gar nicht mehr schmal.
Sondern breit!
Zu breit, als dass sie hätten darüber springen können.
»Was jetzt, Schwesterherz?«
Filly schaute nach links.
Wrrrrrhhhhhmmmmm!
Nach rechts.

Wrrrrrhhhhhmmmmm!
Hinter sich.
Wrrrrrhhhhhmmmmm!
Von überall her kam die Lava näher und näher und näher…
Wir sitzen in der Falle!, dachte Filly.
»Jetzt nur keine Panik, Bruderherz! Wir müssen nur noch…«

»Was, Schwesterherz?«

Filly dachte einen Moment nach, dann tat sie das Einzige, das ihr einfiel –

»HILFE!«, brüllte sie aus vollem Halse. »HIIIL-FE!«

»HILFE!«, schrie Fergal. »HIIILFE!«

26

»Ich höre was!«, rief Frau Donner.
Herr Donner ließ den Balken los. Auch er lauschte eine Weile.

»Recht hast du!«, schrie er. »Ihre Stimmen!«
»Aber sie klingen so weit weg.«
»Durch den vielen Schutt klingt wahrscheinlich alles viel gedämpfter.« Er ging mit dem Gesicht so nah an die Kellertür, wie es der Balken erlaubte. »WIR HOLEN EUCH GLEICH DA RAUS! KEINE ANGST, MEINE WONNEPROPPEN!«
Und Frau Donner rief: »WIR SIND GLEICH DA, MEINE SÜSSEN!«

27

»FILLY!«, rief Frau Liebe. »WO BIST DU?«
»FERGAL!«, rief Herr Liebe. »WO BIST DU?«
»WIR SIND HIER!«, schrien Filly und Fergal.
Dann seufzte Filly und schaute ihren Bruder an. »Der Vulkan macht einen Höllenlärm, Bruderherz«, sagte sie. »Und dann rumpelt noch die ganze Lava und das Feuer prasselt… Da werden sie uns nie hören.«
Wie zur Bestätigung drangen Herrn und Frau Liebes Stimmen wieder zu ihnen durch.
»WO BIST DU, FILLY?«
»WO BIST DU, FERGAL?«
»WIR SIND HIER!«
Die Lava wälzte sich immer näher.
Wrrrrrrhhhhhhmmmmmm!
»Menno, Bruderherz! Dein Pullover kokelt!«
»Deiner auch, Schwesterherz!«

Sie schlugen sich gegenseitig die kokelnden Stückchen von den Kleidern.

»Wir werden bei lebendigem Leibe gebraten, Bruderherz. Ach, wo sind bloß Herr und Frau Liebe? Dalli-dalli-hopp-husch-dalli-husch-hopp!«

»Keine Panik, Schwesterherz.«

»Was heißt hier Panik, Bruderherz? Wir sind von Lava eingeschlossen und keiner hilft uns und –«

»Da!«, schrie Fergal und zeigte mit dem Finger wohin. »Da sind sie!«

Herr und Frau Liebe waren nun auf der anderen Seite des Lavastroms.

»Da bist du ja, Filly«, rief Frau Liebe.

»Da bist du ja, Fergal«, rief Herr Liebe.

Filly schrie gellend: »Wir können nicht rüberspringen! Der Strom ist zu breit für uns! Und …« Sie schaute hinter sich.

Die Lavawand war so nahe …

»Bleibt ruhig!« Herr Liebe trabte ein paar Schritte zurück und maß den Lavastrom mit den Augen ab.

»Wo willst du hin?«, fragte Frau Liebe.

»Ich brauche einen Anlauf«, antwortete er.

»Einen Anlauf? Wofür?«

»Um über die Lava zu springen.«

»Aber das ist gefährlich –«

»Es ist die einzige Möglichkeit!« Herr Liebe schaute zu Filly und Fergal hinüber. »Tretet ein wenig zurück!«, rief er. »Ich brauche Platz zum Landen.«
»Viel Glück, mein Liebes«, sagte Frau Liebe.
Und dann rannte Herr Liebe.
Rannte wie ein geölter Blitz.
Und… sprang!
Einen Herzschlag lang dachte Filly, er schafft es nicht. Er fällt gleich in die Lava und –
Aber er fiel nicht in die Lava.
Herr Liebe landete sicher neben ihnen.
»Da seht ihr, wozu meine Muskelpakete gut sind! Jetzt nichts wie weg, ihr zwei! Fergal, du springst auf meinen Rücken. Filly, dich trage ich in den Armen.«
»Uns beide?«, rief Filly. »Ganz bestimmt?«
»Das schaffen meine Muskeln!«
»Deine Augenbrauen sind angesengt, Schwesterherz.«
»Deine auch, Bruderherz!«
»Schnell, ihr beiden«, sagte Herr Liebe.
Fergal sprang ihm auf den Rücken.
Filly kletterte in seine Arme.
Herr Liebe wollte ein paar Schritte zurücktreten, um Anlauf zu nehmen… aber es ging nicht.

Dahinter war es zu heiß. Wegen der Lava.

»Meine Muskeln können euch beide nicht ohne Anlauf tragen. Was machen wir jetzt?«

»Nimm Bruderherz zuerst mit. Ich warte hier auf dich!«

»Sicher, Schwesterherz?«

»Aber immer, Bruderherz!«

»Gut, Filly, steig ab… Alles klar. Ich bin sofort wieder zurück. Halt dich fest, Fergal!«

Herr Liebe holte tief Luft und sprang.

Bitte, schaff es, dachte Filly.

Und er schaffte es.

Mit einem kräftigen Plumpser landete er auf der anderen Seite.

Alle jubelten, aber nur eine Sekunde lang.

»Mein Knöchel!«, schrie Herr Liebe. »Ich habe mir den Knöchel verstaucht!« Und er fiel zu Boden und krümmte sich vor Schmerzen.

»WAS IST MIT MIR?«, schrie Filly.

»SCHWESTERHERZ!«

»BRUDERHERZ!«

Fillys Tränen verdampften auf ihren Wangen.

Die Lava war so dicht, dass sie darauf spucken konnte.

Ihr Haar qualmte.

»SCHWESTERHERZ!«

»BRUDERHERZ!«
Und dann…
Rannte Frau Liebe auf die Lava zu.
»MEIN LIEBES!«, schrie Herr Liebe.
Frau Liebe sprang…
Bitte, schaff es, dachte Filly.
Frau Liebe landete neben Filly, und bevor noch jemand einen Piepser von sich geben konnte, hatte sie Filly hochgehoben und war wieder zurückgesprungen.

»Menno!«, stieß Filly aus. »Das war der hop-hopste Sprung, den ich je erlebt habe.«
Und schon floss die Lava über die Stelle, wo Filly eben noch gestanden hatte…
Wrrrrrhhhhhmmmmm!
Jetzt mündete sie in den Lavastrom.
Wrrrrrrhhhhhmmmmm!
»Rennt!«, schrie Frau Liebe.
»Aber… mein Knöchel!«, wimmerte Herr Liebe. »Ich kann nicht laufen!«
Frau Liebe half ihm auf die

Beine. »Leg deinen Arm um meine Schultern«, sagte sie.

»Autsch!«, jammerte Herr Liebe, als er loslief.

Die vier rannten durch den Dschungel.

Die Lava floss hinter ihnen her!

»Autsch!«

»Hör auf zu jammern, mein Liebes!«

»Alles in Ordnung, Schwesterherz?«

»Ja, Bruderherz!«

Wuuusch!, machte wieder ein Baum, als er Feuer fing.

Wrrrrrrrrhhhhhhhhmmmmmmmm!

»Autsch!«

Wuuusch!

Wrrrrrrrrrhhhhhhhhhmmmmmmmmmm!

Sie erreichten den Strand!

»Das Boot!«, schrie Frau Liebe. »Schnell!«

Sie rannten zum Boot.

Frau Liebe half Herrn Liebe hinein. »Jetzt fang an zu rudern!«, sagte sie. »Jetzt zeig mal, was deine Muskeln können.« Dann streckte sie die Arme aus, um Filly und Fergal an Bord zu helfen.

»Nichts da!«, sagte Fergal und trat zurück. »Wir … wir können nicht mit euch fahren. Was, Schwesterherz?«

»Stimmt, Bruderherz!«

»Aber es ist gefährlich hier«, sagte Frau Liebe. »Im Handumdrehen ist von der Insel nichts mehr übrig – Schaut doch nur!« Sie zeigte auf die Vögel, die wegflogen, und die Delphine, die weiter ins Meer hinausschwammen. »Alles, was nur ein bisschen bei Verstand ist, flieht.«

Da brach der Vulkan wieder aus.

Noch mehr Lava schoss in die Luft.

Wrrrrrrrrrhhhhhhhhhhmmmmmmmmmmm!

Wuuuusch!

»Wir wissen selbst einen Weg, wie wir von der Insel wegkommen«, behauptete Fergal. »Was, Schwesterherz?«

»Stimmt, Bruderherz.«

»Aber es wäre so toll, wenn ihr mit uns kämt«, sagte Frau Liebe. »Dadurch, dass wir euch kennen gelernt haben, ist uns klar geworden, wie sehr wir… eine Familie haben wollen.«

»Das freut mich«, sagte Fergal. »Aber wir müssen zurück… dahin, wo wir herkommen.«

Jetzt hatte die Lava den Sandstrand erreicht.

»Fangt an zu rudern!«, schrie Filly. »Schnell!«

Herr Liebe fing an, das Boot wegzurudern.

»Wenn ihr einen Jungen kriegt –«, begann Fergal.

»Nennen wir ihn Fergal«, sagten Herr und Frau Liebe.

»Und ein Mädchen?«, fragte Filly.

»Filly!«, lautete die Antwort.

Da war das Boot schon weit draußen.

»Auf Wiedersehen, Filly und Fergal!«

»Auf Wiedersehen, Herr und Frau Liebe!«

Wrrrrrrrrrrrhhhhhhhhhhhmmmmmmmmmmmm!

»Renn, Schwesterherz!«

Sie rannten, was das Zeug hielt, über den Sand.

An dem Herzen von Frau Liebe für Herrn Liebe vorbei.

An dem Herzen von Herrn Liebe für Frau Liebe vorbei.

An der Stelle vorbei, wo sie die Kokosnüsse gegessen hatten.

An der Stelle vorbei, wo sie die ersten Delphine und Vögel gesehen hatten.
»Da ist das Schild!«, schrie Fergal.
Wohl wahr!

WILLKOMMEN
IM FLITTERWOCHENPARA–

Das »DIES« brannte schon.
Filly schaute hinter sich.
Die Lava floss über das Herz von Frau Liebe für Herrn Liebe.
Wrrrrrrrrrrhhhhhhhhhhhmmmmmmmmmmmm!
Über das Herz von Herrn Liebe für Frau Liebe.
Wrrrrrrrrrrhhhhhhhhhhhmmmmmmmmmmmm!
Über die Stelle, wo sie die Kokosnüsse gegessen hatten.
Wrrrrrrrrrrhhhhhhhhhhhmmmmmmmmmmmm!
Über die Stelle, wo sie die ersten Delphine und Vögel gesehen hatten.
Wrrrrrrrrrrhhhhhhhhhhhmmmmmmmmmmmm!
Jetzt hatte die Lava das Meer erreicht.
Zissscchhh!, machte das Wasser, als die rot glühende Lava es in Dampf verwandelte.
Und da sahen sie den Eingang zum Tunnel.
»Schnell, Bruderherz!«

Wrrrrrrrrrrhhhhhhhhhhmmmmmmmmmmm!
Wuuuuuuuuuussssssssccccccccchhhhhhhhh!
Ziiiiiiiiiissssssssscccccccccchhhhhhhhh!
Filly und Fergal rannten zum Tunnel.
Und das Wuuuschen wurde schwächer.
Und das Zissscchhhen wurde schwächer.

Aber das Wrrrhhhmmmen nicht.
Es wurde sogar … noch lauter!
Filly schaute hinter sich.
Die Lava folgte ihnen in den Tunnel.
Und sie floss schneller als je zuvor!
WRRRRRRRHHHHHHHMMMMMM!
»HILFE!«, schrie Filly.
»HILFE!«, schrie Fergal.

28

»Hörst du?«, keuchte Frau Donner. »Jetzt sind die Stimmen viel lauter.«
Herr Donner nickte. »Ja.«
Der Schweiß tropfte ihnen vom Leibe und sie waren dreckverkrustet.

»Sie rufen um Hilfe«, sagte Frau Donner. Dann schrie sie: »KEINE ANGST, IHR SÜSSEN!«

»Eins… zwei… drei… schieb!«, drängte Herr Donner. Und rief dann: »KEINE ANGST, IHR WONNEPROPPEN!«

Gemeinsam drückten sie gegen den Balken.

Knirschend bewegte er sich weiter.

»WIR SIND GLEICH DA, IHR SÜSSEN!«

»WIR SIND GLEICH DA, IHR WONNEPROPPEN!«

29

»Das ist Mum«, verkündete Filly.

»Und Dad«, verkündete Fergal.

Sie hatten den Keller erreicht.

Hinter ihnen wälzte sich die Lava durch den Tunnel.

»Menno!«

Filly rannte die Treppe hoch und versuchte, die Kellertür zu öffnen.

»Sie bewegt sich immer noch nicht, Bruderherz.«

»Sieh doch, Schwesterherz!«

WRRRRRRRHHHHHHMMMMMM!

»Menno! Sie kommt sogar hinter uns her und will uns kriegen… MUM! DAD! MACHT DIE TÜR AUF, SCHNELL! … Sie kriegen sie bestimmt gleich auf, Bruderherz! Komm hier nach oben zu mir. Du musst so weit wie möglich von dem Loch weg, Bruderherz!«

Fergal rannte die Treppe hoch und klammerte sich an Filly.

Jetzt hatte die Lava fast den Keller erreicht.

WRRRRRRRHHHHHHHMMMMMM!

Der Keller wurde immer heißer.
Und immer roter!
»Wir werden gekocht, Schwester!«
»Gebraten, Bruder!«
»Geröstet, Schwester!«
»Gegrillt, Bruder!«
Es wurde heißer und heißer.
Roter und röter.
Filly lief der Schweiß übers Gesicht.
Fergal lief der Schweiß übers Gesicht.
WRRRRRRRHHHHHHMMMMMM!
»MUM!«, brüllte Filly. »RETTE UNS!«
»DAD!«, brüllte Fergal. »RETTE UNS!«

30

»Natürlich retten wir euch, ihr Süßen!«
»Natürlich retten wir euch, ihr Wonneproppen!«
Und mit einer gewaltigen Anstrengung schoben Herr und Frau Donner den Balken aus dem Weg.
Er krachte zu Boden.
Staubwolken wirbelten durch die Luft.
Herr Donner griff nach der Kellertür.
Frau Donner griff nach der Kellertür.
Und gemeinsam…

31

»Die Tür geht auf!«, schrie Filly.

»Und die Lava ist da!«, schrie Fergal.

WRRRRRRRHHHHHHMMMMMM!

Das wär's dann ja wohl, dachte Filly. Die brodelnde Lava hat gleich den ganzen Keller überschwemmt. Und fließt die Treppe hoch. Und dann wird sie sich über die Oberfläche des Mondes ergießen.

WRRRR –

Aber das geschah nicht.
Die Lava floss überhaupt nicht in den Keller.
Sie floss nur bis zum Eingang und… füllte dann das Loch aus.
Filly dachte, es ist, als sei eine durchsichtige Wand vor dem Loch. Die Lava staut sich einfach dahinter.
Alles wurde sehr still.
Sogar so still, dass man einzig das »Poch, poch« von Fillys und Fergals Herzen hörte.
Dann vernahm man andere Töne…
»Da seid ihr ja, meine Wonneproppen!«

»Da seid ihr ja, meine Süßen!«
Herr und Frau Donner hatten die Kellertür geöffnet.
»Mum und Dad!«
Filly und Fergal rannten aus dem Keller in die Arme ihrer Eltern.
Dann umarmten und küssten sie sich wie verrückt. Und wenn es vielleicht auch nicht das meiste Umarmen und Küssen in der ganzen Geschichte des Umarmens und Küssens war, war es doch gewiss das meiste Umarmen und Küssen im Hause Donner.
Abgesehen davon natürlich, dass es kein Haus mehr war. Es war nur noch ein Haufen –
»Schutt!«, stieß Filly hervor und schaute sich um. »W-Was ist passiert?«
Die Sonne ging auf und Filly und Fergal konnten die Überreste des Hauses sehen.
»Es ist zusammengebrochen, Süße«, erklärte Frau Donner.
»Aber wie?«, erkundigte sich Filly.
»Mum und ich haben die Haustür zu fest zugeworfen«, erwiderte Herr Donner, »und… hm…«
»Die ganzen Risse sind ineinandergelaufen, stimmt's, Dad?«
Herr Donner nickte.

»Ich hab's geahnt, dass das eines Tages passieren würde«, seufzte Filly.
Eine kleine Pause entstand.
»Wir haben… *Das Buch der Streite* gefunden, Süße«, sagte Frau Donner leise.
»Menno! Das war nicht für eure Augen bestimmt!«
»Ich bin aber froh, dass wir es gesehen haben, mein Wonneproppen«, sagte Herr Donner. »Denn eure Mutter und ich müssen euch sagen –«
»ICH MUSS EUCH ZUERST ETWAS SAGEN!«, unterbrach Fergal ihn laut und fest. »IHR BEIDEN WERDET EUCH NICHT MEHR STREITEN! ICH UND SCHWESTERHERZ HABEN ES GRÜNDLICH SATT! WIR HABEN ES SATT, IMMER NUR SCHIMPFWORTE UND ZERBRECHENDE SACHEN ZU HÖREN! WIR HABEN ES SATT, DIE SACHEN IMMER WIEDER ZUSAMMENZUKLEBEN! WIR HABEN ES SATT, DASS MUM DAD IMMER ›DÄMLACK‹ NENNT UND DAD MUM IMMER ›TRINE‹! WIR HABEN ES SATT, DASS IHR BEIDE IMMER SAGT, IHR WOLLT EUCH SCHEIDEN LASSEN! UND WIR HABEN ES SATT, IMMER SO ZU TUN, ALS WÄR EUER STREITEN UNSER HOBBY!

HOBBYS SOLLEN NÄMLICH SPASS MACHEN, DOCH ZUZUHÖREN, WIE IHR ZWEI EUCH DEN GANZEN TAG ANSCHREIT, MACHT ÜBERHAUPT KEINEN SPASS! ALSO, JETZT IST SCHLUSS DAMIT! WENN NICHT, *DANN LASSEN WIR UNS VON EUCH SCHEIDEN!*«

Herr und Frau Donner waren sprachlos!
Bisher hatten sie ja immer nur erlebt, dass Fergal zwei Worte auf einmal sagte. Und dann noch nicht einmal zu ihnen. Und nun… nun dies! Mit offenen Mündern starrten sie ihn an.
Langsam überwand Frau Donner ihren Schock.
»Aber… aber, mein Süßer«, fing sie an. »Das wollten wir euch ja gerade erzählen. Euer Vater und ich… hm, das viele Streiten tut uns Leid. Wir sind dumm und selbstsüchtig gewesen. Das soll nie wieder vorkommen. Das versprechen wir euch. Euer Vater und ich, wir lieben uns sehr. Von jetzt an… sind wir eine glückliche Familie!«
»Wundervoll!«, erklärte Fergal. »Das bedeutet ja

vielleicht, dass wir endlich was zu essen kriegen. Steak und Fritten wären nicht schlecht. Was, Schwesterherz?«

»Stimmt, Bruderherz.«

»Alles, was ihr wollt, meine Süßen.«

»Was euer Herz begehrt, meine Wonneproppen.«

Und wieder fingen sie an, sich zu umarmen und zu küssen.

Ja, dachte Filly, von jetzt an wird wirklich alles anders. Das spüre ich. Schließlich bin ich ja Experte für streitende Eltern, da sollte ich merken, wenn ich welche vor mir habe, die sich nicht streiten.

Da hörte man etwas anderes …

31

Ein Pfeifen.

Es war der Briefträger.

Er schaute sich suchend um und schlenderte auf sie zu.

»Wissen Sie, wo die Familie Donner wohnt?«, fragte er.

»Wir sind die Familie Donner«, sagte Herr Donner, »und wir wohnen hier. Das heißt, wir haben hier gewohnt. Heute Nacht ist unser Haus zusammengekracht.«

»Das nenn ich aber dann Glück im Unglück«, sagte der Briefträger. »Egal, ich hab einen Brief für euch.«

Der Briefträger gab ihnen den Brief und schlenderte pfeifend von dannen.

Sie öffneten den Brief und lasen:

Lieber Herr Donner, liebe Frau Donner,

es tut uns Leid, dass wir so lange gebraucht haben, um Ihr neues Haus zu bauen. Es muss schrecklich für Sie gewesen sein, in dem Schutt zu leben, ohne Nachbarn zum Reden und ohne Freunde für Ihre hübschen Kinder zum Spielen.
Aber nun freuen wir uns, Ihnen mitteilen zu können – das Warten hat ein Ende!
Ihr neues Haus ist fertig und wir möchten, dass Sie so schnell wie möglich dort einziehen. Es ist ein sehr schönes Haus, es hat einen Garten und eine Straße davor, wo Sie Ihr Auto parken können.
Nun, wir wissen schon, was Sie denken – ein Auto können wir uns nicht leisten! Das werden Sie aber bald! Hier gibt es nämlich jede Menge Arbeitsplätze, da werden Sie bald einen fahrbaren Untersatz ihr Eigen nennen. Und eine Menge anderer Dinge außerdem.
Ihre neuen Nachbarn können es gar nicht abwarten, Sie kennen zu lernen. Und die Kinder freuen sich und wollen sich unbedingt mit Filly und Fergal anfreunden.
Noch einmal, wir entschuldigen uns für die große Verspätung... aber so etwas passiert schon einmal.

Alles Gute,
Wir hier oben

»Ein neues Haus!«, rief Frau Donner.
»Und eine neue Arbeit!«, rief Herr Donner.
»Freunde!«, riefen Filly und Fergal.
Und – ihr habt es schon erraten! – sie fingen wieder an, sich zu umarmen und zu küssen.
»Wir brauchen eine neue Lampe«, sagte Frau Donner.
»Und eine neue Waschmaschine«, sagte Herr Donner.
»Und ein neues Telefon.«
»Und einen neuen Trockner.«
»Und einen neuen Fernseher.«
Und Herr und Frau Donner redeten nun über alles, was sie besorgen und tun wollten. Und zwischendurch sagten sie immer »mein Liebes« zueinander und küssten sich. Aber nicht zu viel. Nur so viel, dass klar war, sie meinten es auch wirklich.
Filly und Fergal setzten sich nebeneinander auf die Erde.
»Das Flitterwochenparadies bleibt unser Geheimnis, Schwesterherz«, sagte Fergal.
»Gut, Bruderherz.«
»Das glaubt uns sowieso keiner, Schwesterherz.«
»Stimmt, Bruderherz.«
»Und der Meteoritenlö – der Löffel!«

Fergal sprang auf und rannte in den Keller hinunter. Einen Augenblick später kam er mit dem Löffel in der Hand zurück.
»Ich glaube, den brauchen wir nicht mehr, Bruderherz«, sagte Filly. »Schau dir Mum und Dad an. Es hat sich ausgestritten.«
»Das weiß ich, Schwesterherz. Aber ich will den Löffel trotzdem mit in das neue Haus nehmen.«
»Warum, Bruderherz?«
»Weil ich vielleicht auch mal so ein Kind treffe, wie ich es war. Ein Kind, dessen Eltern sich die ganze Zeit streiten. Es muss doch Hunderte von Kindern geben, denen es so geht, Schwesterherz.«

»Tausende, Bruderherz.«
»Millionen, Schwesterherz.«
»Milliarden, Bruderherz.«
»Billionen, Schwesterherz.«
»Billiarden, Bruderherz.«
»Trillionen, Schwesterherz. Und wenn ich eins von den Trillionen Kindern treffe, gebe ich ihm den Meteoritenlöffel. Und weißt du, was ich sage, Schwesterherz?«
»Was, Bruderherz?«
»Ich sage: ›Sei tapfer, mein Küken, sei tapfer!‹«

Gary Paulsen

»Die Natur ist das größte Geheimnis,
wenn Du das begriffen hast, hast Du auch nichts
mehr zu befürchten.«

Gary Paulsen

Band 80031

Band 80022

Band 85009
111 Seiten. Geb.

Band 80202

Band 80224

Fischer Schatzinsel

fi 6030 / 5

Russell Stannard

»Was ist denn das?« rief Memory erstaunt. »Eine Denkblase. Weißt schon, Denkblasen, wie man sie aus Cartoons kennt.« »Sag mal«, fragte Memory, »wenn du nun an mich denkst, tauche ich dann in der Blase auf?« Onkel Albert überlegte. »Nehme ich an.« »Und wenn du dir denkst, ich wäre in einem Raumschiff...?« »Genau das war mir vorhin eingefallen. Du könntest in den Weltraum fliegen und versuchen, einen Lichtstrahl zu verfolgen.«

Band 80015

Band 80055

Band 80104

Band 80056

Band 80254

Fischer Schatzinsel

fi 6022 / 3